우 　기 마날 메모리

우리가 만날 메모리

민경혜 소설

차례

프롤로그

　지구는 내가 본 가장 아름다운 별이었다. 신이 가장 정성껏 빚어낸 경이로운 별. 나는 매일 밤, 밝게 빛나는 지구를 관찰했다. 푸른빛을 뿜어내는 지구는 단 하루도 같은 모습인 적이 없었다. 때로는 휘황찬란하게 빛났고, 때로는 습기를 한가득 품은 희미한 얼굴로 마치 울고 있는 듯 보이기도 했다.

　우주의 수많은 별 가운데 지구는 우주 생명체의 호기심을 자극하는 묘한 매력을 가지고 있었다. 그래서인지 우리의 메인 서버에는 하루에도 수백만 건의 지구 정보가 쌓였다. 나는 틈이 생길 때마다 그 정보를 확인하기 위해 메인 서버에 접속해 지구의 코드를 입력했다. 지구의 모든 정보가 내게는 흥미로웠다.

　달콤한 간식으로 배를 채우고 편안한 소파에 누워 머리 위에 지구의 이야기를 홀로그램 영상으로 펼쳐 놓아 본 적이 있는가.

나는 종종 아름다운 지구의 자연, 그중에서도 오색 물고기가 찬란하게 헤엄치는 열대 바닷속을 머리맡에 홀로그램 영상으로 띄워 놓곤 했다. 특히 오스트레일리아 연안의 그레이트배리어리프, 그곳의 산호초를 잔잔한 조명과 함께 펼쳐 놓으면 나는 마치 그곳에서 유영하는 지구인이 된 듯, 어느새 나지막이 코를 골며 잠들었다. 마음이 노곤하게 풀어지고 편안해지는 나의 고즈넉한 시간은 늘 지구와 함께였다.

어디 지구의 자연뿐이었을까. 지구인들의 실제 생활을 고스란히 담은 영상물 역시 매우 흥미로웠다. 지구에서는 크고 작은 사건들이 늘 끊이질 않았다. 지구인들은 우리의 존재를 모르지만(물론 그들 중 일부는 우리의 존재를 아주 조금은 알고 있다), 우리는 이미 아주 오래전부터 그들과 가까운 곳에 있었다. 80억 지구인 가운데 1퍼센트는 우리 별에서 건너간 생명체다. 약 8천만 명, 적지 않은 숫자다. 우리 별 사람들은 지구에서 교사, 지하철 역무원, 버스 운전기사, 마트 계산원, 정치인, 방송국 프로듀서, 유명 연예인 등 매우 다양한 직업으로 위장해 살아가고 있다. 지구인의 삶 곳곳에 우리가 있다. 매우 가까이에. 그러니 그들의 실제 생활을 직접 녹화하고 편집한 영상물은 특정 지구 연구원으로부터만 전송되는 정보는 아니다. 지구에서 생활하고 있는 많은 이들이 다양한 경로로 지구인들의 삶을 전송했고, 나는 언제든 메인 서버에 접속하기만 하면 그들의 삶을 엿볼 수 있었다.

마치 내가 그들 사이에 있는 것처럼.

지구인의 삶은 전쟁과 기아, 파괴와 재건, 혐오와 갈등 등 눈살을 찌푸리게 하는 것들도 많았지만, 대부분 무척 아기자기하고 사랑스러웠다. 가까이에서 들여다볼수록 더더욱, 눈을 뗄 수 없을 만큼.

이렇듯 우주의 생명체들은 너나없이 지구의 매력에 빠져들었고, 그 덕분에 지구행 티켓을 구하는 일은 늘 쉬운 일이 아니었다. 매우 비싼 값을 내고도 오랜 시간을 기다려야 했다. 더군다나 최근에 지구의 위기 지수가 급격히 상승한 후로는 티켓을 구하기가 더더욱 어려워졌다.

우주에서 가장 아름답다는 별에 대한 '호감'과 저 빛나는 별이 곧 죽은 별이 될지도 모른다는 '불안'은 지구를 사모하던 이들에게 값비싼 티켓값을 지불하게 했다.

나 역시 터무니없는 웃돈을 치르고 서둘러 지구행 티켓을 손에 쥐었다. 하지만 내가 지구행을 선택한 것은 단지 지구의 아름다운 자연과 지구인들의 아기자기한 삶에 대한 동경 때문만은 아니었다.

나는 그녀를 돕고 싶었다.

은경의 아라

"아라 어머님 되시죠? 아라 담임 한정욱입니다. 다름이 아니라, 혹시 시간 되시면 학교로 좀 나와 주시겠어요? 드릴 말씀이 있어서요."

은경은 가슴이 덜컥 내려앉았다.

'또 무슨 일이 생긴 걸까. 고등학교 가고 나서는 여태 별다른 조짐 없이 잘 지내고 있다고 생각했는데….'

은경은 수화기 너머 딸아이 담임 선생님의 목소리를 차분히 되새기며 화장대 앞에 앉았다. 고객과의 약속이 없는 시간이라 다행이었다. 은경은 화장품 샘플을 한 장 뜯어 남기지 않고 얼굴에 발랐다. 화장품 판매 사원이면서도 은경의 화장대엔 제대로 된 화장품이 한 개도 없었다. 고객들에게 한번 써 보라며 돌리던 작은 샘플 병들과 1회 분량을 담은 샘플 봉지들이 전부였다. 그나마도 늘 아껴 발랐다. 그렇게 아낀 돈으로 은경은 딸 아라의 화장대에 화장품을 하나 더 챙겨 넣어 주었다.

'왜 보자고 하신 걸까?'

겉도는 크림을 문지르는 은경의 까칠한 손끝이 바르르 떨렸다.

은경은 스무 살도 되지 않은 나이에 아라를 낳았다. 차마 지워 버릴 수 없었고, 입양 보낼 수도 없었다. 자신의 자궁에 들어선 아이는 여태껏 은경이 느끼지 못했던 어떤 소속감, 연대감을 느끼게 해 준 유일한 존재였으니까. '미혼모의 아이'라는 딱지가 아라를 따라다녔지만, 은경은 아라를 낳은 것을 단 한 순간도 후회하지 않았다. 아라가 없었다면 은경이 버텨 낼 수 없는 세상이었다.

세상은 모녀에게 모질었다. 은경이 바랐던 것은 그저 평범한 삶이었는데, 미혼모인 은경은 그런 삶을 넘볼 수도 없었다. 은경은 아라에게만은 '보통으로 사는 삶'을 열어 주고 싶었다. 그뿐이었다. 그래서 은경은 아라에게 피해 가는 법, 돌아가는 법을 가르쳤다. 미혼모의 아이는 태어날 때부터 약자였고, 세상과 맞부딪혀 당할 도리가 없었으니까.

아라는 은경의 바람대로 조용한 아이가 되었다. '조용한 아이'라는 새로운 딱지는 '미혼모의 아이'라는 태생의 딱지마저도 조용히 잊히게 했다. 은경은 그렇게 아라와 자신이 살얼음판을 잘 지나가고 있다고 믿었다.

거친 파도는 웅장한 모래성을 순식간에 허물어 버린다. 제아무리 으리으리한 성이라 하더라도 모래로 지어진 것은 파도를 이길 재간이 없다. 은경과 아라는 허물어질 모래성을 쌓기보다 모래 안으로 깊이, 더 깊이 파고드는 방법을 택한 것이다. 억울함을 쏟아 내고, 상대방의 잘못을 지적하고, 옳고 그른 것을 따진들 파도 한 번에 허물어질 수밖에 없으니까. 세상은 감히 맞설 수 있는 대상이 아니라고 은경은 되뇌었다. 세상은 '평범하지 않은 부류'로 몰린 모녀의 편이 되어 주지 않을 테니까.

아라는 무난하게 중학교에 진학했다. 외계인 침공도 막는다는 대한민국 중학교 2학년. 아라는 사춘기도 남들처럼 크게 앓지 않고 은경의 바람대로 '조용히' 잘 지나가고 있었다. 아니, 은경은 그렇게 믿고 있었다. 그 일이 있기 전까지는.

그 일을 알게 된 후, 은경은 자신이 아라에 대해 아무것도 알지 못했음을 자책했다. 은경은 아라에 대해 누구보다 잘 안다고 생각했다. 아라가 좋아하는 음식은 물론 생리 주기, 하루 통화량, 아라가 좋아하는 아이돌의 콘서트 일정까지…. 자신이 아라에 대해 모르는 것은 없다고 생각했다. 하지만 결국 은경은 아무것도 모르고 있었다. 아라가 그날 볼품없이 싹둑 잘린 머리로 집에 올 때까지 아라에게 무슨 일이 벌어지고 있는지 전혀 알지 못했다.

'왕따', '학교 폭력', '피해자 자살', '청소년 자살률'….

뉴스 속 끔찍한 이야기들이 아라와 전혀 상관없는 이야기가 아니라는 것을, 아라가 바로 끔찍한 고통을 받다 죽어 버린 뉴스 속 그 아이와 같은 아이라는 것을… 은경은 그날이 올 때까지 아무것도 모르고 있었다.

상담실은 적막했다.

담임 선생님의 이야기에 집중하기 위해 은경은 온 신경을 집중했다. 문장의 조사나 반복되는 어미, 특유의 억양까지 놓치지 않으며 귀 안에 꾹꾹 눌러 담았다. 뭐든 다 알아야 했으니까. 더는 모르는 것이 없어야 했으니까. 또다시 그 악몽을 견뎌 낼 자신이 없었다. 아라를 지켜야 했다. 그렇게 은경은 담임 선생님과 마주 앉아 안간힘을 쓰고 있었다.

"혹시 가정 내에 제가 알아야 할 환경의 변화나… 뭐 그런 게 있는 건 아닌지 걱정되어 어머님을 뵙자고 했어요."

선생님은 아라의 성적이 최근 급격히 떨어졌고, 수업 태도가 눈에 띄게 달라졌다고 했다. 평소 차분하고 모범적인 학생이라 아라에게 큰 기대를 걸었는데, 최근 아라가 알 수 없는 이유로 균형을 잃고 있는 것 같다고. 고3을 앞둔 지금 이 시기가 매우 중요하다고 담임 선생님은 강조했다.

"하지만 어머니, 너무 걱정하지 마세요. 다시 말씀드리지만, 혹시나 아라에게 어떤 건강상의 문제나 제가 알아야 할 다른 변화가 있는지 궁금해서 모신 건데… 특별한 환경의 변화가 없다면, 조금 지나면 나아질 겁니다. 아휴, 제가 괜히 걱정거리를 안겨 드린 것은 아닌지 모르겠네요. 아라처럼 얌전한 친구들은 종종 사춘기가 뒤늦게 오는 경우도 있고, 고3을 앞두고 심리적인 압박감 때문에 일시적으로 불안감이 커졌을 수도 있어요. 아라는 워낙 잘하던 친구니까, 앞으로 저도 더 주의 깊게 살펴볼게요. 아라와도 제가 다시 한번 찬찬히 이야기 나눠 볼 거고요. 혹시 제가 알아야 하는 일이 있다면 언제든지 편하게 연락 주세요, 어머니."

사실 아라의 학교생활에 특별한 문제점은 없었다. 다만 한 선생은 최근 아라에게서 극심한 불안과 분노의 파동을 느꼈다. 한 선생이 직접 아라를 스캐닝해 문제점을 알아내고 해결책을 강구할 수도 있었지만, 지구인의 생활에 직접 관여하는 것은 명백한 위법이었다. 한 선생은 고민 끝에 은경에게 아라의 상태를 에둘러 전하기로 한 것이었다. 지구에서 학생들을 가르치다 보면 차마 못 본 척 눈감을 수 없는 일들이 종종 벌어지곤 했다. 지구의 학생들은 생각보다 많은 도움의 손길이 필요했다. 하지만 그들의 부모조차도 자녀에게 무심한 경우가 많았다. 한 선생의 눈에는 이 어린 학생들이 늘 위태로워 보였다.

얼마 전에도 한 선생은 자기 반의 장애 학생을 돕는 과정에서 위법 행위를 저질렀고, 비자를 말소당하고 고향 행성으로 강제 소환될 위기에 처했었다. 어마어마한 수임료를 들여 우주 변호사를 선임해서 재판을 치렀고, 가까스로 지구에 머무를 수 있었다. 한 선생이 당분간 조심해야 하는 이유다. 결국 한 선생은 학부모 상담이라는 표면적인 방법으로 은경에게 아라의 상황을 귀띔해 줄 수밖에 없었다.

'그러나 지구인의 사랑은 강하다.'

한 선생이 지금 아라를 위해 할 수 있는 것은 아라를 향한 은경의 사랑을 믿는 것뿐이었다. 은경을 만난 한 선생은 마음이 놓였다. 은경은 누구보다도 강한 사랑의 파동을 가지고 있었다. 비록 불안에 뒤덮여 있기는 했지만.

상담을 마치고 학교를 나선 은경은 길 건너 작은 공원의 벤치에 앉았다. 크게 숨을 들이마셨다. 숨이 쉬어지질 않았다. 가슴을 한껏 부풀리며 더 크게 숨을 들이마셨지만, 역시 숨이 쉬어지질 않았다. 오장육부를 가시덩굴이 옥죄어 오는 듯했다.

턱. 턱. 턱.

은경은 제 가슴을 주먹으로 세게 내리쳤다. 어디가 막힌 걸까. 숨 줄기도 아라와의 관계도 또다시 꽉 막혀 버린 것만 같았다. 은경은 제 가슴에 멍이 드는 줄도 모르고 연거푸 가슴을 내리쳤다.

턱. 턱. 턱.

그때, 길 건너 상가에 네온사인이 하나둘씩 켜지기 시작했다.

꿈빛 상담소.

　푸른빛의 네온사인을 한참 동안 멍하니 바라보던 은경은 천천히 자리에서 일어나 홀린 듯 그 빛을 향해 걸었다.

지구 여행

나는 드디어 우주선에 탑승한다. 설렘으로 행복 지수가 크게 오른 채로.

그동안 지구 여행 준비로 나는 무척 피곤했다. 우선 지구행 티켓을 들고 서둘러 비자를 발급받아야 했다. 지루한 인터뷰를 거쳤고, 빽빽한 서류에 족히 수십 번은 바코드를 찍어 가며 내 여행에 불온한 목적이 없음을 인증했다. 서류 심사가 끝난 후에는 다양한 코스를 돌며 적응 훈련을 받았고, 변화된 환경에 무리가 없도록 신체 기능을 점검받고, 면역 체계 등의 일부 기능을 업그레이드했다. 또한 틈틈이 메인 서버에 접속해 지구에서 사는 데 필요한 다양한 정보를 내려받아 내 몸에 세팅했다. 그리고 나는 값을 따지지 않고 경험 많은 여행사의 풀 옵션 패키지 상품을 계약했다.

비자를 확인하고 여행 상품 계약서에 서명하던 날, 나는 추가로 1.5배의 값을 더 지급해 1인용 우주선을 신청했다. 지구에 도착할 때까지 누구의 방해도 받지 않고 오롯이 이 설레는 여정을 즐기고 싶었기 때문이다.

나는 두근거리는 마음으로 좌석에 앉아 우주선 전면의 투명 화면에 목적지를 입력했다.

지구. 아시아 대륙의 동쪽 끝 한반도에 있는 나라, 대한민국.

나는 좌석 시트를 뒤로 천천히 눕혀 몸을 기댔다. 내 무게를 감지한 센서들이 안전띠를 적당한 압력으로 채우도록 명령했다. 포근하면서도 단단한 벨트가 내 몸을 감쌌고, 나는 가장 편한 자세로 우주 비행을 시작했다.

우주선은 내가 미리 세팅해 둔 수면 모드를 작동했다. 내가 선곡한 차분한 음악, 마음의 안정을 주는 아로마 향기, 그리고 편안히 감은 나의 눈꺼풀 안으로는 내가 고심 끝에 선택한 영상물 〈지리산의 봄〉이 천천히 재생되었다.

새 생명의 속삭임이 바스락거린다. 산짐승들의 부산스러움에 봄을 향한 설렘이 가득하다. 봄꽃을 따고 봄나물을 캐려는 아낙의 발걸음에는 향기가 묻어나는 듯하다. 제법 꽃을 피운 커다란 매화나무가 클로즈업된다. 쨍한 봄볕 아래, 중년의 시인이 막

걸리 한잔을 걸치고 시를 읊고 있다. 지구 언어를 완벽히 습득했지만, 시를 이해하는 것은 어렵다. 시인이 읊는 시의 내용을 정확히 알 수 없지만, 시인의 눈이 촉촉이 젖어 드는 것을 본다. 시인은 지구의 아름다움을 노래하고 있다. 저토록 아프게, 저토록 슬프고 아련하게.

드디어 내가 저곳, 시인이 노래하는 바로 저곳, 꿈에 그리던 지구에 간다. 이 잔인한 설렘에 나는 옅은 미소를 지었고, 이내 깊은 잠에 빠져들었다. 우주선이 소리 없이 비행하는 동안, 내 신체의 기능이 지구 환경에 맞게 재부팅되는 동안.

"띠링. 목적지에 곧 도착합니다."

도착을 알리는 알람 소리에 눈을 떴다. 저 아래 한반도의 야경이 펼쳐져 있었다. 나는 서둘러 내 우주선을 투명 모드로 바꾸고, 좌표를 확인했다. 우주선은 한 치의 오차도 없이 예정된 곳에 무사히 도착했다.

나는 내 각막 위의 렌즈를 통해 허공에 내비게이션 화면을 띄웠다. 최종 목적지인 '꿈빛 어린이 천문대'를 입력하자 바로 길안내가 시작되었다. 꿈빛 어린이 천문대는 지구 어린이를 위한 체험 천문대로 위장해 운영되고 있지만, 사실은 우리의 6번째 지구 정류장이자 연구소였다. 나는 시스템의 안내에 따라 움직였고 그곳을 찾는 것은 어렵지 않았다.

"지구 이름 서우진, 심리 치료 전문가. 맞습니까?"

"네."

"지구에 오신 것을 환영합니다. 오시는 길은 편안하셨습니까?"

"아, 네. 신경 써 주신 덕분입니다."

연구소 입구로 마중 나온 직원이 나를 안내했다. 이미 지구에 적응할 모든 준비를 철저히 마쳤지만, 마지막 점검이 필요했다. 나는 그의 안내를 차분히 따랐다. 어서 모든 절차가 마무리되고 푹 쉴 수 있기를 바라며.

"마지막 확인 사항입니다. 고객님께서는 패키지 티켓을 구매하셨군요. 지구 생활에 필요한 주거, 이동 수단 등 모든 옵션이 최상위 버전으로 제공됩니다. 안내에 따라 이용하시고 불편하신 점은 언제든지 이곳으로 연락 주시면 됩니다."

"네. 감사합니다."

"비자 유효 기간은 지구 시간으로 720시간, 30일입니다. 다시한번 확인 부탁드리고요. 시스템 알람을 설정하시겠습니까?"

"네. 그렇게 하겠습니다."

"네. 설정 완료되었습니다. 그리고 여기 고객님께서 확인하셔야 할 유의 사항과 지구에서 쓰실 신분증이 있습니다. 신분증 안에는 지구에서의 하루하루를 모두 기록해 둘 수 있는 메모리 칩이 삽입되어 있습니다. 우리 별로 복귀하신 후에도 소중한 추억을 빠짐없이 영원히 간직하실 수 있도록 저희가 준비한 선물

입니다. 재발급되지 않으니 분실하지 않도록 유의하세요.”

“네. 알겠습니다. 감사합니다.”

“그럼 편안한 여행 즐기시길 바랍니다.”

나는 직원이 건네준 안내 책자를 꼼꼼히 확인했다.

200여 가지 조항으로 이루어진 유의 사항은 다시 한번 나의 메모리 칩에 저장되었다. 그중 나는 120번 조항, 지구인의 기억 관련 부분에 표시해 두었다.

지구인의 기억은 연구 자료로만 활용할 수 있다. 지구인의 기억을 조작하거나 삭제하는 것은 위법 행위이며, 이러한 행위가 적발되는 즉시 비자 만료 전이라고 하더라도 당국으로 소환될 수 있다.

나는 ‘기억’을 연구하기 위한 목적으로 비자를 발급받았다. 이 목적이었기에 심리 치료 전문가라는 직업을 고를 수 있었고 이 선택은 그녀를 돕기 위한 최선의 판단이었다.

우리는 우리가 아는 우주 생명체 중 가장 진화했다. 우리는 의식이 있고 스스로 사유할 수 있으며, 희로애락을 비롯한 다양한 감정을 느낀다. 이 점은 지구인들과 다를 바 없다. 하지만 우리는 우리의 경험으로부터 쌓이는 모든 정보를 인공지능을 기반으로 관리한다. ‘기억’도 마찬가지다. 엄밀히 말하자면 지구인들이 말하는 ‘기억’이라는 것은 이미 우리에게는 아주 오래전부터

퇴화한 기능이다.

지구인들의 '기억'은 그들의 의식 속에 간직한 과거의 기록이다. 다양한 정보로 이루어진 그 기록은 '의식' 속에 저장되어 필요에 따라 인출되고 저장되는 기능을 반복한다. 이 '인-아웃'의 반복 속에서 '기억'은 상당 부분 상실되고 왜곡된다. 그리고 이러한 기억의 인-아웃은 주체의 의지와 상관없이 이루어지기도 한다. 느닷없이 떠오르는 기억, 갑자기 사라져 버린 기억은 의식의 주체를 황망하게 만든다.

우리는 이러한 이유로 '과거의 기록을 의식 속에만 간직해 기억으로 남겨 두는 것이 과연 옳은 것일까?'라는 의문을 품기 시작했다. '의식'이라는 신뢰도가 낮은 공간에 '기억'이라는 것을 굳이 저장해 둘 필요가 있는가에 대한 의문이다.

게다가 우리는 효율적인 의사소통을 위해 서로의 의식에 접속할 수 있는 고도화된 커뮤니케이션 칩을 발명했다. 상대의 의도를 정확히 꿰뚫고 소통한다면, 오해의 소지도 없을뿐더러 대화의 효율도 높아지기 때문이다. 이 때문에 우리는 남들이 들여다볼 수 있는 의식 속에 자신의 모든 경험과 기억을 쌓아 두는 것을 점점 더 꺼리게 되었다. 그래서 오늘날 우리는 우리의 경험 대부분을 명확한 데이터로 체계화하여 메인 서버에 저장한다. 그리고 가능한 한 불필요한 모든 기억을 의식에서 삭제한다.

이를테면 '오늘 아침 식사를 했다'라는 경험은 의식 속에 남겨 두되, 누구와 어떤 메뉴로 몇 시에 어디에서 식사했는지와 같은 구체적인 메모리는 메인 서버에 저장하는 식이다. '내가 그날 누구랑 밥을 먹었지?', '그때 우리가 밥을 먹은 그 식당이 어디더라?'라는 식으로 기억을 더듬을 필요가 없다. 원한다면 언제든 정확한 데이터를 불러올 수 있기 때문이다.

또한 지구인의 '기억'은 '의식'과 연결되지 않으면 아무런 의미가 없을뿐더러 때때로 그 의식에 의해 왜곡되거나 상실된다.

과거에 똑같은 사건을 겪은 두 사람이 있다고 치자. 시간이 흐른 후, 과연 두 사람에게 그 사건은 똑같은 '기억'으로 남아 있을까? 그 사건을 10분 전에 겪었다면? 10년 전에 겪었다면? 그들은 모두 똑같은 '기억'을 끄집어낼 수 있을까?

과거에 일어난 모든 사건은 인간의 의식에 닿는 순간 객관성을 잃는다. 시간이 오래 지날수록 더욱 그러하다. 모든 의식에는 각자의 주관이 반영되기 때문이다. 자기 자신을 명확히 객관화한다는 것은, 어느 별에서나 매우 어려운 과제이기 때문이기도 하고.

결국 우리는 과거의 경험과 그에 관한 정보를 굳이 의식 속에 저장해 둘 필요가 없다고 판단했다. 사건의 정보들을 체계화하여 개인 저장 매체에 저장하거나 메인 서버에 저장하면 그만이다. 그 덕에 우리는 과거에 습득한 다양한 정보를 필요할 때 혼동 없이 확인할 수 있음은 물론 기억을 의식 속에 저장함으로

써 발생하는 수많은 오류를 해결했다.

하지만 지구인들은 여전히 기억의 혼재, 기억의 상실, 기억의 왜곡 등과 같은 오류에 고통받고 있다. 나는 지구인들이 겪는 이러한 기억의 오류, 우리도 과거에 겪었던 그 오류를 다시금 되돌아보고자 한다.

우리가 진화해 온 과정을 심층적으로 분석하는 것, 그것이 내가 지구에 온 목적이다.

나는 우리가 진화를 선택한 가장 결정적인 이유가 '응어리'라 부르는 버그일 것으로 짐작한다. 지구인들의 생활을 엿보며 갖게 된 확신이다. 지금 그녀를 힘들게 하는 것 역시 그 버그다. 과거의 경험이 기억 속에 남긴 응어리. 우리 식으로 말하면 메모리를 좀먹는 버그. 이 버그가 불러오는 믿기 힘든 고통은 종종 죽음을 부르기도 하고, 심지어는 죽음으로도 풀지 못하는 한으로 남는다. 우리는 그 끔찍한 고통을 없애기 위해 메모리를 객관화, 체계화해 저장하고 마음의 짐을 덜어 냈으리라.

나는 이것을 인간들을 통해 확인하고 싶다. 물론, 그녀를 도우면서.

이렇게 나의 30일간의 지구 생활은 시작되었다.

도둑년

"수고하셨습니다!"

"고생하셨습니다!"

"감사합니다!"

무대에서 내려오며 이 사람 저 사람에게 허리를 깊숙이 숙여 인사를 하는 이는 채린이었다. 정상급 스타라는 것이 믿어지지 않을 만큼 채린은 누구에게나 깍듯했다. 방송국 관계자들은 물론이고 늘 가까이에 붙어 지내는 매니저나 스타일리스트에게도 채린은 언제나 먼저 고개를 숙였다.

"쟤 봐라, 쟤. 쟤가 어딜 봐서 일진이라는 거야? 최 기자, 제발 말이 되는 소리를 해."

"민 피디님, 소문 정말 못 들으셨어요? 지금 커뮤니티가 난리인데…. 쟤 가정 환경도 좋지 않았다고 하던데, 혹시 채린이 부모님이라든지, 캐스팅 과정이라든지 뭐 들은 얘기 없어요? 소속사에서도 말을 아끼던데….”

최 기자가 손에 든 수첩을 까딱거리며 민 피디의 눈치를 살폈다. 하지만 무슨 이유에서인지 좀처럼 민 피디는 입을 열 생각이 없는 것 같았다.

“에이. 피디님, 뭐 아시는 것 있으시면 말씀 좀 해 주세요. 보육원 출신이라는 말도 있고, 부모가 있긴 있다는 말도 있고…. 도대체 쟤, 정체가 뭐래요? 길거리 캐스팅됐다는 것 빼고는 밝혀진 게 너무 없잖아요. 아무리 신비주의라고 해도 너무 꼭꼭 숨겨 놔서…. 아무래도 근본이 없는 애는 맞는 것 같은데….”

“근본? 이 사람, 참 큰일 날 소리를 하네. 그럼 이 바닥 출신들이 다 근본 있는 집안에서 금수저 물고 태어난 줄 알았어? 이 무대에 올라가는 애들 중에 고생 안 한 애가 몇이나 되겠어? 국민 배우부터 쭉 훑어봐. 편의점에서 라면 하나로 하루를 버티던 사람들이 수두룩해. 그런데 이 바닥에서 박채린이 금수저 출신이 아니라는 게 문제가 되나? 반대로 흙수저 출신 애들은 다들 삐딱하게 살았을 것 같아? 뭐 어디 국회의원 딸내미 정도는 되어야 소문이 묻히나? 이거 봐, 요즘 기자들은 기사를 너무 거저 쓰려고 한다니까. 뭔 말도 안 되는 소문을 가지고 기사를 쓰려고 이 안달이야, 안달이!”

“아니, 그게 아니라….”

민 피디의 단호한 어조에 최 기자는 살짝 말끝을 흐렸다.

"아무튼 잘못 짚었어. 박채린은 아냐. 이 바닥에는 싹수없는 것들도 참 질펀하게 널렸지. 그런데 채린이 인성은 저 나이에 보기 드물다고. 그건 내가 보증해. 최 기자, 애먼 채린이 건드리지 말고, 드라마국 박 피디나 찾아가 봐."

"박 피디님이요? 왜요? 무슨 소식 있어요?"

"가 보면 알아. 나한테 들었다는 말은 하지 말고."

민 피디는 다른 정보까지 흘려 가며 채린을 향한 항간의 소문에 철벽 방어를 하고 나섰다. 그도 그럴 것이 채린은 한창 주가를 올리고 있는 스타임에도 예의 바르고 성실했다. 사춘기에 일탈 한 번 안 해 본 청춘이 몇이나 될까. 호기심에 담배 좀 피우고 술이나 좀 마셨을 것이라 짐작할 뿐이었다. 하지만 그런 일로 저 아이의 인생을 나락으로 떨어뜨릴 수는 없었다. 그러기엔 채린은 참 열심히 사는 아이였다.

지구에 정착한 지 20년 차인 민 피디는 채린을 보자마자 자신이 보호해야 할 지구인임을 직감적으로 알아챘다. 지구 이름 서우진의 연락을 받기 전에 이미. 밝게 웃고 노래하고 춤을 추는 채린에게서 늘 잔잔한 슬픔의 파동이 느껴졌기 때문이다. 웃고 있어도 울고 있는 듯한 슬픈 파동. 환히 웃을수록 더 깊이 번지는 슬픈 파동. 민 피디는 그런 채린이 스타로 발돋움하도록 도왔다. 많은 사람의 사랑을 받다 보면 저 끝없는 슬픔도 묻히리라 생각했다. 하지만 그러기 전에 일이 터져 버렸다. 민 피디가 손쓸 틈도 없이.

서우진은 오래전부터 민 피디에게 연락을 취해 왔다. 처음엔 민 피디가 업로드하는 지구별의 이야기에 호감을 가진 것으로만 생각했다. 민 피디의 최근 작품, 다큐멘터리 〈지구, 작은 나라의 질주 K-POP〉의 팬이라고만 여겼다. 하지만 우진의 관심은 단순한 팬의 관심 그 이상이었다. 우진과 메시지를 주고받으며 민 피디는 확신했다. 우진은 지구를 사랑하고 있다고. 우진은 지구를, 그리고 지구의 이 소녀들을 진심으로 아끼고 있다고. 그래, 서우진이라면 소녀들을, 저 아이 채린을 위로할 수 있으리라. 지금 소녀들에게 필요한 것은 위로, 그것이면 족했다. 그다음은 소녀들의 몫이었다. 민 피디는 최 기자에게서 등을 돌려 우진이 잘 도착했는지 확인했다. 어서 채린이 우진을 만나야 했다. 저 여린 아이의 상처가 더 깊어지기 전에. 이제 이곳에서 합법적으로 채린을 살필 수 있는 것은 우진뿐이었다. 민 피디는 우진과의 약속을 서둘렀다.

"모두 수고 많으셨습니다! 다음에 또 뵙겠습니다!"

마지막 외부 행사를 늦은 시간에 마치며, 채린은 모두에게 90도로 밝게 인사하는 것을 잊지 않았다. 그런 채린의 인사를 스태프들이 의뭉스러운 표정으로 마지못해 받아 주었다.

차에 올라탄 채린은 무척 피곤했다. 지구의 무게가 자신을 짓누르는 것 같았다.

"매니저 언니, 저 오늘 할머니 집으로 가 주세요."

"저기…. 채린아, 대표님이 오늘 꼭 할 말이 있다고 늦게 끝나더라도 꼭 사무실로 들어오라고 하셨어. 아마 기다리고 계실 텐데…."

"언니, 죄송해요. 부탁할게요. 내일 아침 일찍 사무실로 가요. 오늘은 좀…. 머리도 너무 아프고, 당장 쓰러질 것 같아요. 언니가 대표님께 말씀 좀 잘 전해 주세요. 네? 부탁드려요."

기절하듯 뒷좌석에 몸을 눕힌 채린에게서 짙은 메이크업으로도 감출 수 없는 피로함이 찐득하게 배어 나왔다. 한동안 쉼없는 강행군이었다. 게다가 오늘은 악성 스캔들까지 터졌다. 매니저가 보기에도 여태 잘 버티고 있는 채린이 대견하고 놀라울 정도였다. 하는 수 없이 매니저는 차머리를 돌렸다. 내일 차 대표에게 욕을 먹더라도 오늘은 채린의 편을 들어 줘야겠다고 생각하면서.

몇 시쯤이나 되었을까. 채린은 짙은 어둠이 깔린 창밖을 내다보다가 눈을 감았다. 아무 생각도 하지 않고 잠들고 싶었다. 하지만 감은 눈 속 채린의 의식은 점점 더 말짱해졌다. 채린은 오늘일을 떠올렸다.

"어머, 이것 좀 봐. 이게 무슨 일이야?"

"왜? 뭔데?"

"어머 어머."

잠이 부족해 꾸벅꾸벅 졸며 손톱 관리를 받던 채린의 귓가에 수군거리는 소리가 들렸다.

"뭔데요? 같이 봐요."

채린이 눈을 뜨고 고개를 돌리자, 다들 당황한 기색이 역력했다.

"안 잤어요? 낮게 코를 골더니…. 피곤한 것 같은데 의자에 기대고 한숨 자요. 아직 좀 남았어요. 금방 끝내 볼게요. 아, 그리고 이건 별거 아니에요."

모두 핸드폰을 후다닥 덮고 자리를 피했다. 기분이 싸했지만, 피곤함에 금세 잊었다. 하지만 방송국에서도 채린은 똑같은 경험을 했다. 모두가 뒤에서 수군거렸고, 채린을 피했다. 결정적으로 민 피디와 같이 있던 최 기자가 의심 가득한 눈으로 자신을 바라보고 있었다. 분명 께름칙한 눈빛이었다. 채린은 화장실에 들어가 핸드폰으로 검색창에 자신의 이름을 입력했다.

'박채린 일진설', '박채린 과거', '박채린 학폭', '박채린 왕따', '박채린 소년원'….

무시무시한 단어들이 연관 검색어에 올라와 있었다.

'도대체 오늘 나에게 무슨 일이 벌어지고 있는 걸까?'

가슴이 떨렸다. 몸이 덜덜 떨리는 한기가 온몸을 휘감았다. 그런데도 채린은 찬물에 연거푸 손을 씻고 또 씻었다.

"채린아, 이제 들어가야 해. 얼른 나와."

매니저의 부름에 채린은 서둘러 무대에 섰고, 무대에서 그녀는 그저 웃는 낯이었다. 아무것도 모르는 척, 아무 일도 없는 척. 채린은 자기 노래에 몸을 맡겨 기계적으로 춤을 췄다. 마치 검은 상자 안에 갇힌 꼭두각시처럼.

여러 차례 심각한 표정으로 소속사 대표와 통화한 매니저도 채린에게는 아무 말도 해 주지 않았다. 결국 채린 스스로 알아내야 했다.

'어디서부터인가? 어디까지인 건가?'

채린은 짬이 날 때마다 대기실에서 핸드폰 속 세상을 마저 뒤졌다. 손끝이 떨려 몇 번 핸드폰을 떨구었지만 멈출 수 없었다. 채린의 과거를 폭로한 글이 인터넷 게시판에 올라왔고, 그 글은 이미 여기저기를 떠돌고 있었다. 관련 기사도 몇 개 올라왔던 것 같지만, 따로 검색되지는 않는 것으로 봐서 아마 소속사에서 정신없이 대응하고 있는 듯했다. 하지만 한번 터진 물꼬를 다시 틀어막기란 쉬운 일이 아닐 터였다. 삭제되는 글보다 새로 올라오는 글이 몇십 배는 더 많았고, 그 글들은 다양한 채널로 복제되고 재생산되었다. 채린은 정신이 아득해졌다.

'박채린, 정신 차려야 해.'

채린은 이미 잡힌 일정을 잘 소화하기 위해 수시로 스스로를 다그쳤다. 하루 일정을 마치자 온종일 악으로 버텨 온 채린은 무너져 내렸다. 소속사에서 자신을 기다리는 차 대표가 무엇을 알고 싶어 하는지 채린은 모르지 않았다. 하지만 채린에게도 시간이 필요했다. 모든 것을 이겨 낼 자신을 얻는 시간.

"할머니, 채린이 왔어."

"아이고, 우리 강아지, 채린이 왔니? 지금이 몇 시야? 하이고…. 피곤할 텐데 뭐 하러 왔어? 우리 강아지, 밥은 먹었어?"

늦은 시간이었지만 채린의 핼쑥한 얼굴을 본 할머니는 뭐라도 먹여야겠다고 생각했다. 채린은 일어서려는 할머니의 손을 잡아끌었다.

"됐어, 밥 먹었어. 나 배 안 고파. 할머니, 나 지금 너무 졸려. 우선 좀 잘래요."

채린은 며칠 동안 잠을 제대로 자지 못했다. 차를 타고 이동하는 동안에 쪽잠이라도 들면 좋겠는데, 그조차도 쉽지 않았다. 요 며칠 까무룩 잠이 들어도 자꾸 악몽을 꾸었다. 오늘 이런 일이 일어날 것을 알려 주려는 예지몽이었던 걸까?

"할머니…."

채린은 할머니 무릎을 베고 누웠다. 그제야 겨우 눈꺼풀이 내려앉았다. 할머니의 숨결, 할머니의 냄새…. 그렇게 채린은 오랜만에 단잠에 빠져들었다. 할머니는 채린이 고른 숨소리를 내며 잠들 때까지 까칠한 손으로 채린의 머리칼을 쓰다듬었다.

'쯧쯧. 불쌍한 것.'

할머니가 채린을 다시 본 것은 소년 법정에서였다.

제 어미가 데려갔으니 잘 살고 있으리라고만 믿었다. 할머니에게 채린은 세상에 단 하나 남은 귀한 핏줄, 귀한 새끼였다. 할머니는 평생 자기 팔자에 자식이 없을 줄 알았다. 시부모가 구박하고, 남편이 바람을 피워도 참아 낼 수밖에 없었다. 모진 세월을 견디며 살아 내던 중 뒤늦게 아들이 생겼다. 목숨보다 귀하고 또 귀한 아들이었다. 다 늙어 혼자 아이를 키우는 것이 쉬운 일은 아니었지만, 아들은 그런 어미 맘을 알았는지 속 한 번 썩이지 않고 잘 자라 주었다. 없는 시절에 제대로 먹이지도 못하고 잘 가르치지도 못했지만 제 앞가림을 잘했고 장가도 가고 손녀도 안겨 주었다. 그런데 그 생때같은 아들을 어느 날 갑자기 사고로 잃었다. 여전히 믿어지지 않는 일이었다. 이제 할머니에게 남은 피붙이라고는 어린 손녀딸 채린뿐이었다. 눈에 넣어도 안 아플 아이이기에 자신이 거두고 싶었지만, 며느리가 아이를 데리고 도망치듯 집을 나갔다. 그 후로 며느리는 단 한 번도 소식을 알리지 않았다. 젊은 며느리가 어디 가서 팔자를 고쳤으리라 막연히 짐작할 뿐이었다. 불쑥불쑥 괘씸한 마음이 들었고, 찾으려 했으면 찾을 수 있었겠지만, 어린 손녀를 생각하면 차라리 잘된 일이라고 생각했다.

'죽은 내 새끼만 불쌍하지, 어쩌겠나.'

가끔 죽은 아들이 꿈에 나올 때면 덜컥 가슴이 내려앉았고,

그런 날이면 몹시도 손녀를 찾고 싶었지만, 별다른 방도가 없었다. 그저 눈물을 훔치며 어디서든 잘 살고 있기를 바랄 뿐이었다. 그렇게 가슴에 묻어 두었던 손녀를 다시 만났다. 그런데 하필이면 다시 만난 곳이 소년 법정이었다.

할머니가 가정 법원 소년부 법정에 들어섰을 때, 말끔하게 갈래머리를 땋아 주면 그리 좋아하던 주먹만 했던 어린 손녀가 몰라보게 큰 중학생이 되어 서 있었다. 키는 어느새 할머니를 훌쩍 넘었고 빼빼한 몸매와 하얀 피부, 그리고 제 아비를 닮아 사슴처럼 크고 촉촉한 눈망울은 옛날 그대로였다. 할머니는 반갑고도 서러웠다. 하필이면… 귀한 내 새끼를 다시 만난 곳이 법정이라니. 내 손녀딸이 도둑년이 되었다니…. 할머니는 그날 피눈물을 쏟았다.

채린의 죄명은 '상습 절도'였다.

"마, 맞아요. 박채린이… 죽은 박상호가 내 아들이 마, 맞아요. 왜, 왜 그러시나요?"

처음엔 어눌한 사람을 상대로 사기를 친다는 전화 사기범이라고 생각했다. 말도 안 되는 소리를 했으니까.

"절도죄요? 그러니까 우리 애가 도둑질을 했다는 건가요?"

할머니는 믿기지 않았다. 무언가 잘못된 것이라고만 생각했다. 누명을 썼을 것이라고. 개미 새끼 한 마리도 죽이지 못하던 제 아비 심성을 빼닮은 아이였다. 그런 손녀가 겁도 없이 도둑질했을 리 없었다. 하지만 할머니의 믿음과 달리 채린은 그 죄명을 벗지 못했고, 법정의 처분 판결만 기다리고 있었다. 할머니는 애가 탔다. 모두에게 '도둑년'이라고 손가락질받게 된 손녀였지만, 할머니에겐 죽은 아들이 남겨 주고 간 귀한 아이였다. 할머니는 그날 판사 앞에서 무릎을 꿇었다.

"판사님, 모든 것이 이 늙은이 죄입니다. 한 번만 용서해 주십시오. 하나뿐인 핏줄을 거두지 못한 내 죄지요. 나를 벌하시고, 제발 우리 채린이 용서해 주십시오. 여태 아무런 소식이 없어 제 어미하고 잘 사는 줄로만 알았어요. 무소식이 희소식인지라, 팔자 고친 제 어미 밑에서 밥 안 굶고 등 따습게 살면 그만이다 싶었지, 이런 일이 생기리라고는 꿈에도 생각하지 못했습니다. 다 내 죄입니다, 이 늙은이 죄. 그러니 이 불쌍한 늙은이를 봐서라도 한 번만 봐주시면 안 되겠습니까? 우리 죽은 아들이 어제도 꿈에 나와 이 어미 앞에서 하염없이 울다가 갔습니다. 판사님, 내 죽은 자식 앞에 맹세할 터이니 제발 한 번만 봐주십시오. 두 번 다시는 저 아이가 죄짓지 않게 제가 잘 거두겠습니다. 판사님, 저 어린것이 뭘 알아 도둑질을 했겠습니까? 저 어린것이 어쩌자고 도둑질을 배웠겠습니까? 이 모든 것이 제 탓입니다. 내 저 어린것을 한 번만 찾았더라도…. 판사님, 이제부터는 제가 잘 거둘 테니, 그러니 제발 한 번만 용서해 주십시오."

할머니의 서러움 담긴 호소에 법정에 있던 이들이 모두 눈물을 찍어 냈다. 채린의 보호자가 끝내 나타나지 않아 모두가 애를 먹던 차였다. 함께 절도에 가담한 나머지 친구들은 모두 진즉에 변호사를 선임해 피해자와 합의하며 가장 낮은 처벌 수위인 감호 위탁 처분을 받고 집으로 돌아간 상황이었다. 같은 죄를 지었지만 보호자와 연락이 닿지 않은 채린만 소년 분류 심사원에 위탁된 상태였고, 다시 법정에 서게 된 것이었다. 늦게라도 할머니와 연락이 닿은 것은 천만다행이었다. 할머니가 나타나지 않았다면 채린은 소년원 송치를 벗어날 방법이 없었다.

채린은 그날, 4호 단기 보호 관찰 처분을 받았다.

채린은 엄마랑 함께 살던 빈집에 들러 자신의 짐을 꾸렸다. 어린 채린이 오랜 시간 혼자 지내던 집이었다. 살림이 엉망이었다. 할머니는 괘씸한 며느리에게 화가 치밀고, 혼자 외로웠을 손녀 생각에 가슴이 아렸다. 무엇보다 자식을 앞세워 보내고 이 모진 꼴을 봐야 하는 것이 한스러웠다. 하지만 할머니는 채린에게 눈물을 보이지 않으려 감정을 누르고 또 눌렀다.

채린은 할머니를 따라 서울 변두리의 작은 국숫집에 들어섰다. 국숫집에 들어서자 그제야 묻어 두었던 어린 시절의 기억이 하나둘 떠올랐다. 진한 멸치 냄새마저도 그대로인 곳, 아빠의 흔적이 고스란히 남아 있는 곳이었다. 채린이 찬찬히 국숫집을 둘러보는 사이, 할머니는 뜨끈한 국수 한 그릇을 말아 채린에게 건넸다.

할머니는 채린에게 어떤 것도 묻지 않았다. 도둑질에 관해서도, 엄마에 관해서도.

"할머니…."

"왜?"

"왜 안 물어봐?"

"뭣을?"

"왜 그랬느냐고…."

"그런다고 없어지남? 앞으로는 그러지 말아."

채린은 할머니가 내미는 국수를 받아 들었다. 뜨거운 국물을 한 숟갈 떠 입에 넣었다.

"흑."

뜨거운 국수 국물이 입안에서 퍼지자, 채린은 더는 참지 못하고 눈물을 흘렸다. 아프고 서러운 눈물이었다.

"울지 마. 할미가 미안해. 너를 안 찾아서…. 이 할미가 정말 미안해. 네 아비 죽고, 너도 떠나 버리고 나도 살 낙이 없어서…. 오밤중에 가슴 병이 도지면 가슴이… 내 가슴이 그리 아프게 너를 찾았는데…. 어린 네가 힘들까 봐 할미가 너를 안 찾은 거야. 너를 못 찾은 거야. 그래도 내가 욕심껏 너를 찾았어야 했는데…. 할미가 미안해. 채린아, 울지 말고 어서 먹어, 어서…."

할머니는 채린의 머리를 쓰다듬었다. 죽지 못하고 여태 버틴 이유가 이 아이 때문인 것만 같았다. 이제는 이 불쌍한 것이 시

집을 갈 때까지만이라도 버팀목이 되어야겠다고 생각했다. 죽지 않고 살 이유가 생겨 다행이었다. 끊어 내고 싶었던 목숨줄에 희망이 새겨졌다. 채린이 국수를 먹는 동안 할머니는 비워 두었던 작은 방을 쓸고 닦았다.

채린은 할머니에게 온 뒤로 학교를 그만두겠다고 했다.

"학교를 그만둬도 되는 거야? 그게 네 맘대로 그렇게 해도 되느냐고?"

"학교 안 가고 검정고시 보면 돼. 시험 잘 보면 학교 다닌 거로 인정해 주는 그런 시험이 있어, 할머니."

"그래, 네가 알아서 해. 할미가 늙어서 뭘 알아야지. 네가 잘 알아서 해."

외동딸로 자란 채린은 어릴 때부터 친구 욕심이 많은 아이였다. 유치원에 오갈 때도 친구 손을 꼭 잡고 갔다. 어쩌다 장에서 머리핀을 쌍으로 사다 주면, 하나는 꼭 제 친구에게 내밀던 아이였다. 고만고만한 병아리만 한 친구들을 몰고 와 국수를 내놓으라고 으름장을 놓던 계집애. 그렇게 친구를 좋아하던 아이가 학교를 그만두겠다니…. 저 어린것이 무슨 일을 겪은 것인지, 그것이 저 작은 가슴에 얼마나 맺힌 것인지 알 길이 없는 할머니는 그날도 잠든 채린의 머리를 쓰다듬고 또 쓰다듬었다.

"할머니…."

"아이고, 피곤해 보이더구먼. 왜 벌써 일어나? 더 자지."

"오늘 지방에 행사가 있어. 가기 전에 사무실도 들러야 하고."

"그래? 어쩐다. 밥 되려면 좀 있어야 하는데…. 서둘러야겠네. 그래도 밥은 먹고 가야지, 응?"

"응. 나 할머니 밥 먹고 갈래. 천천히 준비할게. 얼른 밥 줘, 할머니."

"그래, 그래. 천천히 씻어. 내 후딱 상 차려 줄게."

채린이 머리에 수건을 두르고 나왔을 때, 작은 상엔 한가득 할머니의 정성이 차려져 있었다. 된장찌개, 호박나물, 콩나물, 생미역무침에 생선구이까지. 그리고 작은 사발엔 할머니 국수가 진한 멸치 육수에 들어 있었다. 채린은 국수 그릇을 먼저 집어 들었다.

"밥부터 먹어. 국수는 나중에 먹고."

"아냐, 국수 불면 맛없어."

"너 오는 줄 알았으면 불고기라도 사서 재워 두는 건데…. 반찬이 순 나물 밭이다. 그래도 어서 먹어, 어서. 채린아, 일이 많이 힘들지? 어찌 텔레비전서 보는 것보다 더 말랐어그래. 쯧쯧."

할머니는 까칠한 맨손으로 생선을 발라 채린의 입에 넣어 주었다. 생선을 한 입 받아먹던 채린이 느닷없이 눈물을 쏟았다.

"아가, 왜 그래? 일이 그리 힘들어? 응? 무슨 일이 있어?"

채린은 고개를 흔들었다. 할머니는 손을 행주에 쓱쓱 닦고는 채린을 품에 안았다. 이 어린것에게 또 무슨 일이 있는 걸까. 할머니 가슴이 녹아내렸다.

"아가…."

"할머니, 나 무서워요. 어떻게 해야 할지 모르겠어. 할머니."

한참을 울던 채린이 입을 열었다. 자신이 도둑질한 일이 다 들통났다고 했다. 숨기려던 건 아니지만, 그래도 이렇게 예고도 없이 들통이 날 줄은 몰랐다고 했다. 온 국민이 죄다 자신을 도둑년이라고 손가락질할 것이라고 했다. 그것도 모자라 친구를 괴롭힌 '천하의 몹쓸 년'이 되었다고 했다. 억울하다고 했다. 무섭고 두렵다고. 끅끅 울음을 토해 내는 채린의 등을 할머니는 한동안 가만가만 쓸어내렸다. '괜찮다, 다 괜찮다' 주문을 외우며.

"채린아, 괜찮아. 걱정하지 마. 다 순리대로 될 거야. 이 할미 말만 믿어. 응?"

채린의 울음이 잦아들었을 때, 할머니는 채린의 두 손을 꼭 잡고 말했다.

"지금은 하늘이 무너진 것 같아도 사람 살길은 다 열려 있어. 가시밭길을 딛고 서 있는 것 같아도 그것도 다 걸을 만한 길이고. 숨구멍이 꽉 막혀서 당장 숨이 넘어갈 것 같아도 기다리면 돼. 기다리면 또 숨 쉬고 살게 돼. 그러니 순리대로 되게 찬찬히 기다려 보자. 응?"

"순리? 순리가 뭔데? 이대로 또 주저앉는 거? 그게 순리야? 나는 평생 억울하게 사는 거? 그게 순리냐고! 할머니, 세상은 왜 나한테는 기회를 안 주는데? 내가 뭘 그렇게 잘못했는데!"

"채린아, 물 흐르듯이 가는 길, 그게 순리야. 순리는 거스를 수가 없는 거야. 흐르는 물길을 억지로 끌어오고, 억지로 끊어 버릴 수가 없는 거지. 그러니 그냥 놔둬 봐. 흘러가도록⋯. 우리, 그냥 놔둬 보자. 응?"

"할머니, 그러다 이대로 다 끝나 버리면 어떻게 해? 그럼 나는 또 어떻게 살아?"

"아이고, 다 늙은 할미 앞에서 못 하는 말이 없누. 어떻게 살긴 어떻게 살아. 그냥 살면 되는 거지. 그대로 끝나 버리면 끝나 버린 대로 또 그렇게 살아 내면 되는 거야."

"무서워, 할머니. 나 정말 열심히 노력했는데⋯. 잘 살아 보려고 했는데⋯. 여전히 나는 나쁜 년이고 도둑년이래. 억울해. 무섭고 억울해, 할머니."

"괜찮아, 괜찮아. 채린아, 우리 아가. 다 잘될 거야."

"아니, 도저히 이대로는 억울해서 못 참겠어. 누군지 찾아낼래. 도대체 왜 나한테 이러는 건지, 내가 뭘 그렇게 잘못한 건지⋯. 내가 어떻게 여기까지 왔는데 왜 인제 와서⋯. 차라리 처음부터 이 바닥에 발을 못 붙이게 할 것이지, 왜 인제 와서⋯. 누군지 찾아내서 똑같이 해 줄 거야. 똑같이 다 갚아 줄 거야, 할머니."

"아이고, 채린아. 그러지 말아. 그래 봐야 네 마음만 다쳐. 원망하지 말아. 누구도 원망하지 말아. 사람이 죄를 지었으면, 죗값을 치르면 된다. 그게 순리여. 네가 죄를 지었으면, 지금 그 죗값을 치르는 것이겠지. 그 누군가가 지금 죄를 짓고 있으면, 또 언젠가 그 사람도 죗값을 치르게 되겠지. 그러니 너무 복작복작 네 마음을 헐지 말아."

"이게 내 죗값이라고? 여태 내가 치러야 할 죗값이 이렇게나 남아 있는 거라고? 지금껏 내가 치른 건 그럼 뭐야? 그건 죗값이 아니었어?"

"채린아, 너무 애쓰지 말자, 응? 네 몸부터 챙겨. 차 대표한테 말하고 여기 와 있어. 할미 곁에. 알았지? 여기서 할미랑 맘 편히 지내자, 응? 할미랑 같이 있으면 다 지나가고, 또 우리 둘이 같이 살아 내면 되니까. 할미 말 알아듣지?"

"할머니…. 흑흑, 할머니…."

채린은 할머니의 말을 다 받아들일 수는 없었지만, 힘겹게 고개를 끄덕였다. 아직도 남아 있다는 그 죗값이 언제고 또다시 갚아야 할 빚인 거라면, 차라리 지금이 나을 수도 있겠다는 생각이 들었다. 이렇게 할머니가 곁에 있는 지금이…. 할머니 말대로 채린이 할 수 있는 것은 아무것도 없었다. 순리대로 흘러가기를 기다릴 수밖에. 뜨거운 김이 올라오던 멸치 국수가 차게 식어 있었다. 할머니는 채린에게 새 국수를 만들어 주기 위해 일어섰다.

자식을 먼저 앞세워 보내고도 살아 낸 인생이었다. 여든이 다 되도록 살아 낸 인생. 살아 보니 참 별거 없는 인생이었다. 생때같은 자식이 한 줌 재가 되었을 때, 세상에 그보다 더 큰 억울함이 있을까? 며느리가 하나뿐인 핏줄을 데리고 도망치듯 떠나 버렸을 때, 농약이라도 마시고 죽어 어서 아들 곁으로 가고 싶었던 적이 어디 한두 번이었던가? 억울함에 가슴을 쥐어뜯어도 되돌릴 수 없는 것이 인생이었다. 산 사람은 살아지고, 만날 인연은 다시 만나는 것이 삶의 순리였다. 다만 저 어린것의 죗값에 자신의 업보가 묻어 있는 것 같아 할머니는 마음이 찢어졌다.

'다 내 죄지. 내 죄. 저 어린것이 무슨 죄가 있다고….'

국수 위에 뜨거운 육수를 부어 내는 할머니의 주름진 손등에 굵은 눈물이 떨어졌다.

편집된 기억

나는 이른 아침 집을 나섰다. 지구에서의 시간은 일분일초도 아까웠다. 서울의 공기는 매일 달랐다. 한강에서 불어오는 바람에 묻은 냄새도 다르고, 태양이 데워 낸 대기의 온도도 매일 미세하게 달랐다. 어제는 서쪽에서 불어온 바람이 텁텁한 모래와 질 낮은 공기를 싣고 와 눈앞이 뿌옇고 코가 간지러웠는데, 오늘은 파란 하늘이 투명했다. 저 멀리 우리 별이 보일지도 모르겠다는 생각이 들 정도로.

나는 사무실 앞의 작은 공원을 거닐며 신선한 지구의 공기를 가슴 가득 들이마셨다. 돌아가면 한동안은 내내 그리워하게 될 서울의 아침이었다. 하지만 지구인들은 이 아침을 즐길 여유가 없어 보였다. 바삐 걷는 직장인들, 한 손에 작은 노트를 들고 버스를 기다리는 교복 입은 학생들, 심지어 유모차에 탄 아이까지 삶을 살아 내기 위해 발버둥 치는 것 같았다. 삶을 즐기는 여유로운 모습을 찾기 힘들었다. 나 혼자만 그들 틈에서 이상하리만치 한가한 여행객이었다.

적당히 공원 산책을 마치고 인제 그만 사무실로 출근하기 위해 발길을 돌리려던 참이었다. 한 노파가 눈에 띄었다. 흐트러진 머리와 초라한 행색이 도움이 필요해 보였다. 나는 천천히 다가갔다.

"할머니, 안녕하세요?"

내가 다가가 인사를 하자, 그녀가 나를 올려다보았다. 하지만 그녀의 눈동자는 내가 아닌 다른 세상을 향해 있었다.

'앗! 치매다. 알츠하이머. 상태는 중증.'

치매는 퇴행성 뇌 질환으로 우리 별에서도 완치될 수는 없는 병이다. 치료법이라 할 수 있는 인공 뇌 이식은 자아 분열과 같은 부작용이 매우 심하다. 또 환자의 뇌에 뇌세포를 자생시키는 약물을 주입하는 치료는 비용이 매우 비싸고 치료 효과가 일시적이다. 하지만 가장 큰 증상인 기억의 상실에 대해서는 의식에 남아 있던 모든 기억을 반복적이고 의도적으로 재생시키는 치료법을 사용하는데, 이것으로 어느 정도 효과를 볼 수 있다.

"할머니, 왜 여기 계세요? 할머니? 댁이 어디예요? 할머니 집! 집 어디냐고요!"

내가 할머니의 청각을 의식해 조금 큰 목소리로 묻자, 할머니가 천천히 대답했다.

"아저씨…. 저 집에 좀 데려다주세요. 엄마를 잃어버렸어요."

나는 할머니를 도와야 했다. 하지만 그녀의 의식에 접속하기가 무척 어려웠다. 그녀의 뇌세포 상당 부분이 손상되어 있었다. 나는 그녀에게서 오늘 아침 그녀의 이동 거리가 약 5킬로미터였음을 확인했다. 5킬로미터를 걸어오며 그녀가 인지했던 것들이 조각조각 그녀의 의식에 남아 있었다. 오토바이가 그녀 곁을 쌩하고 지나쳤던 작은 골목길, 이른 아침 떡을 뽑아내던 떡집, 낡은 교회의 십자가 첨탑, 학교 담장에 피어나던 덩굴장미 등. 이 정도면 왔던 길을 되짚어갈 수 있을 것 같았다.

"할머니, 일어나세요. 집에 가셔야죠. 제가 모셔다드릴게요."

나는 할머니를 일으켜 세웠다. 그녀가 나의 손을 꼭 잡았다. 까칠하고 쭈글쭈글한 노인의 손이었다. 나는 그 손을 단단히 마주 잡아 주었다. 지구에서 만난 노인의 손은 참 따뜻했다. 어쩐지 뭉클한 마음이 들 정도로.

"엄마! 그새를 못 참고 어딜 나갔던 거야!"

할머니와 함께 좁은 골목길에 들어섰을 때, 젖먹이 아기를 둘러업은 한 젊은 여인이 할머니를 향해 달려왔다. 할머니의 딸인 듯했다.

"엄마…."

할머니도 자신의 딸을 엄마라 불렀다.

"내가 엄마 때문에 미쳐! 내가 정말 못 살겠어!"

"잘못했어요, 엄마…."

"괜찮아? 어디 다친 곳은 없고? 아휴, 내가 정말 못 살아."

한참 볼멘소리를 하며 제 엄마를 살펴보던 여인이 나를 돌아보았다.

"감사합니다, 감사해요. 엄마가 정신이 좀…. 잠깐 큰아이 어린이집에 데려다주는 사이에 엄마가 그새 또 집을 나갔더라고요. 아휴, 큰일 날 뻔했어요. 정말 감사해요."

나는 그녀와 마주 인사를 나누었다.

"아닙니다. 다행히 할머니께서 집을 기억하고 계셔서…. 전 그냥 모셔다드렸을 뿐입니다. 마침 저도 아는 동네라…."

"엄마가 깜빡깜빡하는데…. 요즘에 부쩍 더 안 좋아지셨어요. 어쨌든, 정말 감사합니다."

"네. 별일 없어서 다행입니다. 어서 들어가세요."

그녀는 거듭 인사를 하며 할머니를 데리고 좁은 골목의 끝으로 사라졌다. 나는 짧은 순간이었지만 그녀의 의식 속에서 '후회'와 '실망'을 읽었다. 지긋지긋한 엄마가 좀 사라졌으면 좋겠다고 생각한 자신에 대한 '후회'와 엄마가 끝끝내 사라지지 않고 돌아온 데 대한 '실망'이었다.

이중성. 모든 생명체의 자아가 가지고 있는 그 이중성에 대해 생각하며 나는 천천히 사무실로 향했다.

나는 날이 어둑해지도록 온종일 앉아 지구인들이 지금껏 쌓아 온 알츠하이머 관련 논문들을 뒤졌다. 지구인은 길어야 100년을 산다. 매우 짧은 수명이다. 그 짧은 생의 기억을 고스란히 다 잃어버린다는 것이 참 안타까웠다. 할머니가 딸을 향해 '엄마'라고 부르던 모습이 잊히지 않는다. 할머니도 자신의 엄마를 버리고 싶었던 때가 있었을까? 할머니도 자신의 엄마를 미워한 것을 후회했던 때가 있었을까? 딸에게서 자신을 보았던 것일까?

내가 골똘히 생각에 빠져 있을 때였다. 창밖은 어두워졌고, 도시의 화려한 불빛이 하나둘 어둠을 밝히고 있었다. 길 건너 공원에 앉아 있는 여인이 시선 안에 들어왔다. 그러자 내 생체 기능이 자동으로 그녀를 줌인했다. 각막에 파란불이 깜빡거렸다. 내가 사전에 등록해 둔 인물이라는 신호다. 나는 그녀를 빠르게 스캐닝했다. 지구에 오기 전부터 만나고 싶었던 아라의 엄마, 은경이었다. 아라의 학교 가까이에 상담소를 열었지만, 이처럼 빨리 찾게 될 줄은 몰랐다. 반가운 마음에 나는 서둘러 내 사무실 간판의 푸른빛을 밝혔다. 은경의 시선을 잡아끌 수 있도록 빛의 파장을 조절했다. 우리는 빛을 유도할 수 있다. 은경이 간판을 올려다본다.

이제 곧 그녀가 온다.

딸랑딸랑.

문을 힘겹게 밀어 열며 은경이 들어섰다. 나는 편안한 미소로

핏기가 없는 그녀를 소파로 안내했다. 은경은 쓰러지듯 소파에 앉았고, 나는 따뜻한 차를 한 잔 내밀었다.

"상담을 좀 받고 싶어서 왔어요. 청소년 상담… 그러니까 저희 아이…."

"아, 네. 일단 차 한잔하시고, 천천히 말씀하셔도 됩니다."

찻잔을 움켜쥔 은경의 손이 무섭게 떨렸다. 그 떨림에 찻잔이 금방이라도 깨질 것만 같았다. 나는 이 가엾은 지구인을 차분히 살피며 진정될 때까지 묵묵히 기다렸다. 은경의 불안한 파장이 고스란히 사무실을 메웠다.

잠시 후, 은경은 심리 치료 대상자인 자신의 아이에 대해 천천히 입을 열었다.

"고등학생이에요, 2학년. 내년에 고3인데… 아이 심리 상태가 매우 좋지 않은 것 같아요. 한동안 좋아진 줄 알았는데…."

"아이가 불안을 겪은 게 이번이 처음이 아닌 모양이죠?"

"네…. 사춘기 때, 아이가 감당하기 힘든 일을 겪었어요. 그러니까 2-3년 전에…."

"아, 조금 자세히 설명해 주시겠어요? 힘드시면 천천히 말씀하셔도 됩니다."

나는 따뜻한 차를 좀 더 권했다. 그리고 그녀가 차를 마시는 동안 아로마 향을 피웠고, 안정에 도움이 되는 음악을 잔잔히 깔아 주었다. 그리고 실내 조명의 빛이 그녀를 좀 더 따뜻하게 품을 수 있도록 유도했다.

잠시 시간이 흐른 뒤, 은경이 천천히 입을 열었다.

"껌…. 껌 때문이라고 했어요. 껌을 씹다가 잠이 들었고, 그 껌이 머리카락에 붙었다고…. 떼려다 보니 잘 안되었다고, 그래서 그냥 잘라 버렸다고. 그저 껌 때문이라고…."

"네, 그렇군요. 아이가 머리카락이 잘린 채 집에 왔고, 껌 때문이었다고 말을 했군요. 그렇죠?"

나는 여전히 불안정한 그녀가 조금 차분해지도록 그녀의 말을 천천히 되짚어 주었다.

"네… 아이가 그렇게 말을 하니까 전 그 말을 믿었어요. 못 믿을 이유가 없었으니까. 있을 수 있는 일이라고 여겨졌으니까요."

"음…. 그런데 껌 때문이 아니었나요?"

"아이 머리가 엉망이 되고 그다음 날, 경찰서에서 연락이 왔어요. 우리 아이가 물건을 훔쳤다고…. 아, 아니, 그런데 가서 보니 우리 아라는 물건을 훔치진 않았어요. 저희 아이는 그냥… 망을 봤어요, 망을. 그러니까 우리 아이는 이용당한 거죠, 그 아이들한테. 친구들이 우리 아라를 이용했어요. 착한 우리 아라는 그 꾐에 빠진 거고요."

"흠…. 그렇군요. 어머님은 그전에는 아이가 친구들에게 이용당하고 있다는 것을 전혀 모르셨나요? 눈치챌 만한 다른 일은 없었나요?"

"네. 몰랐어요, 전혀. 경찰의 연락을 받기 전까지는요."

"아이가 평소 친구들하고 잘 어울린 모양이죠? 어머님이 보시기엔?"

"네, 뭐… 인기가 많은 아이는 아니었지만, 그렇다고 못 어울리는 아이도 아니었어요. 학교 상담 때 선생님께서도 별말씀 없으셨고요. 공부도 제법 잘하는 편이었어요. 성적이 크게 떨어진 적도 없었고, 밥을 잘 안 먹는다거나, 용돈을 지나치게 요구하거나 했던 적도 없어요. 아이가 중학생이 되고, 저는 학교 폭력과 관련된 책을 여러 권 읽었어요. 책에서 알려 주는 유의 사항도 다 숙지하고 있었거든요. 그런데 일절 그런 일이 없었어요. 제가 눈치챌 수 있는 변화가 전혀… 그러니 저는 알 수 없었죠. 그 일이 있기 전까지는…. 정말이지 전혀 몰랐어요."

아니었다. 은경의 기억은 거짓이었다. 나는 은경의 의식에 접속해 은경이 말하는 그날을 들여다보았다. 그녀와 내가 눈을 마주침과 동시에 내 동공에 저장된 커뮤니케이션 칩은 빠르게 그녀의 눈동자를 읽어 내려갔다. 그리고 은경의 시신경 끝을 따라가 그녀의 의식에 접속했고, 그날의 기억을 보여 주었다. 은경의 떨리는 눈동자 깊은 곳에 있는 진짜 기억을…. 은경의 눈과 귀를 비롯한 모든 신체 기관의 감각이 객관화하여 저장한, 은경의 의식이 재해석하지 않은 날것 그대로의 기록은 은경의 말과 달랐다.

아무것도 몰랐다는 은경의 말과 달리 은경은 아주 오래전부터 알고 있었다. 아라가 친구들과 잘 어울리지 못한다는 것을. 몇몇 친구들에게 괴롭힘을 당하고, 이용당하고 있다는 것을 은경은 알고 있었다. 은경은 무심한 엄마가 아니었다. 아이를 유심히 살피는 엄마였다. 아라의 화장대에 수북하게 쌓여 있는 화장품의 유통 기한까지 꼼꼼히 살피고 버려 주는 엄마였다. 그런 은경이 모르고 있을 수 없는 일이었다. 은경은 그저 숨기고 싶었을 뿐이었다. 모른 척하고 싶었을 뿐이었다.

그리고 그날, 그토록 애써 덮어 두었던 일이 은경의 눈앞에 고스란히 펼쳐졌다. 더는 모를 수 없는 일. 아라가 머리카락이 잘린 채 집에 돌아온 그날이었다.

"아라야! 이게 무슨 일이야? 너 머리가 왜 그래? 응?"

"호들갑 떨지 마. 껌이 붙어서 잘랐어."

"껌? 어쩌다가?"

"껌 씹다가 잠깐 졸았는데, 껌이 머리카락에 들러붙어서 난리가 났으니 어떻게 해. 잘라 버려야지."

"어머, 얘! 그렇다고 이렇게 잘라 버리면 어떻게 해?"

"그럼 어떻게 해? 껌 붙이고 돌아다녀? 껌 붙인 머리로 산발을 하고 돌아다니란 말이야? 엄마는 그게 더 나아? 말이 되는 소리를 좀 해! 에잇, 정말 짜증 나!"

아라가 느닷없이 화를 내며 소리를 질렀다. 아라의 눈에 금방

울 것처럼 눈물이 맺혔다. 아라의 그 눈을 보는 순간, 은경은 아라에게 무슨 일이 벌어지고 있음을 직감했다. 분명 아라가 혼자 감당하기에 벅찬 어떤 일이 벌어지고 있는 것이 분명했다. 하지만 은경은 아라에게 무슨 일이 있었느냐고 바로 묻지 못했다. 불길한 예감을 당장 감당할 수 없었기 때문이었다. 은경에게도 시간이 필요했다.

"그래, 알았어. 왜 소리를 지르고 그래. 일단 미용실에 가서 손 좀 보자. 머리를 많이 잘라야겠다."

은경은 태연한 척 아라를 달래 미용실에 갔다. 단골 미용실 주인이 어쩌다 이 지경이 되었냐는 말에도 웃으며 껌 때문이라고 말했다. 아라의 길고 탐스럽던 머리가 바짝 잘리는 동안에도 은경은 쓰린 마음을 감추고 미용실 주인과 시시덕거렸다. 그리고 그날 밤, 은경은 잠든 아라의 지문을 이용해 핸드폰 잠금을 풀었다.

아무래도 그 알바년이 눈치챈 것 같아. 신고했으면 어쩌지?

아니라고 잡아떼야지. 그 CCTV 백퍼 가짜야.
불도 안 깜빡이던데?

됐어. 한두 번이냐? 현장을 무사히 떠났으면 된 거야.
계집애들 쫄기는 ㅋㅋ

이게 다 아라 때문이잖아.

야! 너는 알바년 상대로 어그로 끄는 게 그렇게 어렵냐?

미안해.

됐고. 일이 커지는 날엔 다 네 책임이다. 각오해라.

그만해라, 이현지. 내가 안 그래도 너한테 말하려고 했는데, 아무리 그래도 아라 머리에 껌을 뱉냐?

내가 일부러 그랬냐? 실수라니까! 내가 흥분해서 소리를 지르다 보니까 그쪽으로 날아간 거라니까.

레알? 정말 실수 맞아? ㅋㅋㅋㅋ

됐고, 너 아라한테 사과해.

네가 뭔데 사과하라 마라야? 개웃김. ㅋㅋㅋ

좋은 말로 할 때 사과해라.

아, 씨발. 한다, 해! 아라 님, 존나 미안하게 됐어요. 네? 됐냐? 미친년. 혼자 착한 척은.

야! 너 제대로 사과 안 해? 너 그리고 지금 욕했냐? 이 쌍년이! 너 죽을래?

됐어. 싸우지 마. 그만해. 나 괜찮아.

그치? 괜찮지? 아라야, 내 덕분에 네 머리 좀 귀여워질 거임.

쿵.

은경은 자신의 심장이 멈추는 소리인지, 하늘이 무너지는 소리인지 알 수 없는 소리에 놀라 아라의 핸드폰을 제자리에 놓아 두고 서둘러 방을 빠져나왔다. 은경은 그날 밤 한숨도 자지 못했다. 수많은 생각이 머릿속을 가득 채웠다.

'친구들을 직접 만나 볼까? 선생님께 상의할까? 경찰에 신고해야 하나? 서둘러 전학을 보낼까?'

무엇이 정답인지 알 수 없었다. 힘들었을 아라의 마음이 고스란히 느껴졌지만, 아라의 상처를 들여다볼 여유가 없었다. 도망치는 것이 더 급했다. 아라의 상처를 보고 나면 이 상황을 모면할 수 없을 것 같았다. 은경에게는 이 일이 더 크게 두드러지기 전에 벗어나는 것이 먼저였다. 일이 커지면 아라가 받을 상처는 지금의 몇 곱절은 될 테니까. 우선은 도망쳐야 했다. 당장 피해야 했다.

나는 은경의 기억 속에서 머리카락이 잘린 채, 은경을 노려보며 짜증을 내는 아라의 눈동자를 클로즈업했다. 아라의 눈동자에 깊은 슬픔이 일렁이고 있었다. 엄마를 찾는 다급함도 묻어 있었다. 제발 자신을 좀 봐 달라는 짙은 호소가 담겨 있었다. 아라의 그 눈동자가 은경의 의식에 닿았다. 순간 은경이 미간을 찌푸렸다.

잠시 후, 은경이 말을 이었다.

"우리 아라는 어려서부터 워낙 착한 아이였어요. 여태껏 큰소리 한 번 안 내고 키운 아이예요. 남들에게 피해 주는 것을 끔찍이 싫어했고, 워낙 배려심도 많고요. 애가 너무 착하다 보니 좀처럼 힘들어도 말을 안 하고, 엄마 걱정할까 봐 그랬는지…. 아무래도 제가 혼자 아이를 키우니까 아라가 알게 모르게 주눅도 많이 들고, 눈치도 많이 보고… 맞아요, 다 제 잘못이죠."

나는 가만히 그녀를 눈으로 쓰다듬으며 그녀의 이야기를 경청했다.

"그래도 그 사건은 이미 다 지난 일이고, 아라가 지금 학교에서는 잘 지내고 있다고 생각했어요. 그런데 오늘… 또 담임 선생님의 이야기를 듣고 나니…. 아무래도 아이를 데려다 상담을 받아 보는 게 좋을 것 같아서요. 그래서 이렇게 찾아왔어요. 마침 상담소가 눈에 띄었고요."

"네, 잘 찾아오셨어요. 그럼 그 사건은 그때 잘 마무리되었나요?"

"네. 피해자와 합의도 하고, 별 탈 없이 마무리했어요. 아이는 전학을 보냈고요."

"전학은 아라의 뜻이었나요?"

"네? 네…. 그렇죠, 뭐. 별다른 방법이 없었으니까요."

이번에도 거짓이었다.

물론 은경이 의도적으로 거짓말을 하는 것이 아니었다. 은경의 기억이 거짓일 뿐이었다. 자신을 보호하기 위한 수단으로 은경의 의식은 거짓을 택했다.

은경이 서둘러 경찰서 안으로 뛰어 들어갔다. 안쪽 끝에서 경찰관과 마주 앉아 있는 아라를 발견한 은경은 그 자리에서 얼어붙었다. 막상 아라를 이런 곳에서 보니 세상이 빙빙 돌며 심한 어지럼을 느꼈기 때문이다.

"이름?"

"아라요, 채아라."

"아버지 성함은?"

"없어요."

"없어? 돌아가셨어?"

"아뇨, 몰라요. 우리 엄마 미혼모예요."

"그래? 그럼 엄마 이름이랑 주소 불러 봐."

은경보다 먼저 도착해 있던 다른 친구들의 부모들이 아라의 대답에 놀람을 감추지 않았다.

"뭐? 미혼모? 허 참, 너 어쩌자고 저런 애랑 어울린 거니?"

"얘네, 애. 너지? 네가 우리 애 꼬드겨서 도둑질 시켰지? 맞니? 응? 그런 거야?"

짙은 선글라스를 낀 여자가 아라의 어깨를 잡아 흔들었다. 은경은 후들거리는 다리를 간신히 옮겨 아라의 곁으로 다가갔다. 은경은 아라에게서 그 여자를 떼어 놓았다.

"우리 애한테 손대지 마세요."

"당신이야? 당신이 이 애 엄마야? 미혼모? 당신 애 때문에 지금 우리 애가 도둑년 소리를 듣고 있잖아!"

"거, 아주머니 소란 피우시지 말고 앉으세요."

"아주머니? 허! 당신이 지금 내가 누군지 모르는 모양인데, 별것도 아닌 일로 우리 애 잡아들여서 이게 뭐 하는 짓이야! 당신! 우리 애 아빠가 알면 어떻게 되는 줄이나 알아?"

"자, 자. 진정하시고, 일단 앉으세요. 앉으시라고요!"

얼굴의 반을 가리는 선글라스를 낀 아라 친구 엄마의 손가락에는 커다란 알이 박힌 결혼반지가 끼워져 있었다. 은경은 그 번뜩거림에 주눅이 드는 자신이 죽도록 미웠다.

"어머 어머. 아라 쟤는 제 아비가 누군지도 모르는 애였어?"

결국 깊고 깊은 모래 동굴에도 파도가 들이쳤다. 은경은 화가 났다. 상처를 입은 건 그들이 아니라 은경과 아라였다. 내 딸 아라가 당신들 딸들 때문에 상처받았고, 얌전히 공부만 하던 아이가 경찰서에 와 있다고, 지금 미치도록 억울한 사람은 당신들이 아니라, 우리라고! 은경은 외치고 싶었다. 하지만 커다란 바위를 삼키기라도 한 것처럼 은경은 아무 말도 뱉어 내지 못했다.

그때였다.

"아줌마! 나 아니거든요! 내가 도둑질을 시켰다고요? 나 아냐! 나는 저년들이 시켜서 망만 봤다고요! 아줌마 딸! 아줌마 딸이 다 시켰어! 현지가! 현지가 주동자라고, 아줌마!"

"어머머. 얘 좀 봐. 근본도 없는 애가 어디서 어른한테 눈을 똑바로 뜨고! 보고 배운 게 없으니 애가 저 모양이지! 자식 교육을 정말 어떻게 한 거야? 하기야, 결혼도 안 하고 배불러 애를 낳았으니 교육이 뭔지나 알겠어?"

"아줌마, 남의 가정사 알지도 못하면서 함부로 얘기하는 거 아니야! 아줌마 남편은 어린 년이랑 바람피웠다며? 이혼해 달라고 매일같이 술 먹고 들어와서 아줌마 팬다며? 아줌마는 검사 사모님 소리 듣고 싶어서 이혼도 못 하는 거라며? 그런 아빠 있는 것보단 없는 게 더 나은 거 아닌가? 그러니까 현지 쟤보단 내가 더 나은 거 아니냐고? 불쌍해서 도와줬어. 도둑질이라도 해야 쟤가 살 것 같아서! 현지 쟤, 도둑질하고 싶어서 손을 바들바들 떨더라고! 당신 딸이 나보다 더 불쌍한 것 같아서 난 도와준 것뿐이라고!"

"아라야…."

은경은 흥분한 아라를 얼른 품에 안았다. 여태껏 단 한 번도 보지 못한 아라의 모습이었다. 아라의 눈은 아라의 것이 아니었다. 눈에서 독기가 가득 뿜어져 나왔다. 아라에게 껍을 뱉고 괴롭혔던 친구들도 모두 입을 다물지 못하고 그저 빤히 쳐다만 보고 있었다. 어서 아라를 진정시켜야 했지만 은경이 할 수 있는 것이라고는 그저 아라를 품에 안아 주는 것뿐이었다. 모녀의 심장이 마주 붙어 뛰었다. 아라는 좀처럼 흥분을 가라앉히질 못하고, 거칠게 은경을 밀어냈다.

"엄마 바보야? 왜 아무 말도 안 해? 나 주동자 아니야! 난 아니라고! 엄마는 왜 저 아줌마처럼 말을 못 해? 내 딸은 그런 애가 아니라고 왜 말을 못 하냐고! 언제까지 참아? 어디까지 참아? 엄마 딸이 이렇게 망가지고 있는데! 내가 이 지경이 되었는데도, 엄마는 왜 나더러 참기만 하래? 왜 엄마는 참기만 하냐고! 도대체 왜! 내가 왜! 내가 뭘! 엄마가 뭘 그렇게 잘못했는데! 언제까지! 왜 계속 참기만 하라고 해! 왜! 으악! 으아아아악!"

아라가 제 머리를 쥐어뜯으며 악을 썼다. 경찰서 안에 있는 모두가 그런 아라를 쳐다보았다. 은경은 이 와중에도 그 시선에 불편함을 느끼는 자신이 끔찍했다.

CCTV 분석 결과 아라의 친구들은 열두 차례에 걸쳐 상습적으로 물건을 훔쳤다. 작은 구멍가게에서 시작된 도둑질은 편의점과 대형 길거리 화장품 직영점에서까지 이루어졌다. 화가 난 몇몇 점주가 상습 절도죄로 아이들을 고소했다. 아버지가 검사라던 아이는 비교적 쉽게 일을 해결한 듯 보였으나, 은경은 귀동냥을 얻어 가며 동분서주할 수밖에 없었다. '절도죄'라는 말에 겁을 먹은 은경은 비싼 돈을 들여 변호사를 선임했고, 피해 금액을 보상해 주며 피해자와 합의했다. 그 결과 소년 보호 처분 중 가장 낮은 처벌을 받았다. 아라는 절도 행위에 직접 관여하지 않았

고 친구들의 압력으로 단 한 번 어쩔 수 없이 망을 보기만 했다
는 진술도 정상 참작이 되었다. 사건에 휘말린 친구 중 한 명이
보호자가 나타나지 않아 곤욕을 치르고 있다는 이야기를 전해
들었지만, 은경은 거기까지 신경을 쓸 여유가 없었다. 상황이 좀
나아지자, 은경은 이사를 서둘렀다. 아라를 전학 보내야 했다.

"엄마, 꼭 이사해야 해?"

"응⋯."

"왜? 이제 나 괴롭히는 애들 없어. 다들 전학 가고 유학 가
고⋯. 근데 왜 나까지 전학 가야 해?"

"애들이 수군거리지 않아?"

"지금 도망치듯 전학 가면 더 수군거릴걸? 내가 무슨 죄라도
지은 것처럼⋯."

"잊혀. 내 귀에 들리지 않으면 참아 내기도 쉽고."

또 참아야 한다는 얘기에 아라의 낯빛이 변했다는 것을 은경
은 모르지 않았다. 하지만 어쩔 수 없었다. 그게 아라에게 더 낫
다고 은경은 확신했으니까. 이사 갈 집은 자신의 근무지에서 더
멀고, 전세 보증금이 더 높은 곳이었지만 이 역시 은경이 참아
내야 할 일이었다.

나는 은경의 의식 속에서 거짓으로 포장된 많은 기억을 읽어
냈다. 아라는 미혼모인 엄마를 단 한 번도 부끄러워한 적이 없는
아이였다. 아라가 주눅 들고, 눈치를 본다고 느낀 것은 은경의 주

관적인 생각일 뿐이었다. 은경은 자신과 아라를 동일시하고 있었다. 아라는 은경과는 다른 의식을 가진 아이인데, 은경은 아라에게 자신의 것을 억지로 밀어 넣고 있었다.

나는 은경의 기억 속에서 경찰서에서 악을 쓰던 아라의 모습과 이사를 앞두고 전의를 상실한 듯한 표정의 아라의 모습을 클로즈업했다. 그리고 그 모습을 은경의 의식 안에서 자극했다.

"흑."

은경이 끝내 울음을 터트렸다. 나는 은경 앞에 티슈를 놓아주고, 따뜻한 차를 한 잔 더 내어 오기 위해 일어섰다.

폭로

"야, 너희 어제 커뮤니티 봤어? 박채린이 일진이었다던데?"

"박채린? 야리야리하게 생겨서 웬 일진?"

"픕. 박채린이 일진이면 나는 조폭 두목이다. 이것들아."

"아냐, 아냐. 너희 아직 못 봤구나. 이것 좀 봐. 내용이 엄청 구체적이잖아."

"뭔데? 어디? 나도 좀 보자."

"야! 그러지 말고 단톡방에 링크를 올려, 링크를."

"헐. 대박."

"미친."

"뭐야, 저번에 예능에서는 학교생활에 적응 못 해서 홈스쿨링하고 검정고시 본 거라고 했는데…. 진짜 일진이라 퇴학당한 거였어?"

"와. 여리여리 청순 캐릭터 완전히 작살났는데? 그때 출연자들 다 울 뻔했잖아. 내가 똑똑히 기억하는데…. 다 구라였어?"

"완전 구라. 이게 사실이라면, 온 국민을 기만한 거네. 안 그래?"

"국민 청원 감일세."

"야! 그럴 리가 없어. 헛소문일 수도 있잖아. 어딜 봐서 박채린이 일진이냐? 암만 봐도 그럴 관상이 아닌데…."

"정신 차려 허당아. 가만 보면 네가 덕질하는 연예인은 다 사고 치네. 파괴 왕이냐?"

"뭐래. 채린이는 절대 아냐. 내가 끝까지 믿어 줄 거야."

아라는 책상에 엎드린 채로 책상 서랍을 더듬어 이어폰을 찾아내 귀에 꽂았다. 아이들의 수군거리는 소리가 거슬렸다. 아무 말도 듣고 싶지 않았다. 채린에 관한 이야기라면 무엇이든.

아라도 어제 그 게시 글을 읽었다. 누군가가 소셜 네트워크에 공유한 글을 우연히 보게 되었다.

게시 글의 조회 수는 분초를 다투며 올라갔고, 실시간으로 올라오는 댓글들 역시 그 속도가 너무 빨라 제대로 읽을 수 없을 정도였다.

─ 와 이거 뭐냐. A양 누군지 아시는 분?

─ 미친. 저거 박*린 아냐? 모태 청순녀에 중학교 중퇴면 박*린이네.

– 진짜? 박채린임?

   ↳ 님, 이름 한 자 * 표시하셈. 명예훼손으로 고발당함.

– 말도 안 되지. 박*린이 무슨 일진? 저거 다 개구라임.

– 나 박*린 동창인데 저거 대부분 사실임. 언젠가 터질 줄 알았음.

– 잘 알지도 못하면서 함부로 말하지 마세요. 이런 게 마녀사냥이라고요.

   ↳ 근데 내용이 너무 구체적이잖아. 사실이면 진짜 실망이다.

아라는 '절도죄', '머리카락'이라는 단어를 보는 순간 심장이 멎는 것 같았다. 그 단어들이 하나하나 뾰쪽한 칼날이 되어 심장에 알알이 박히는 것처럼 느껴졌다. 가슴이 옥죄어 왔다. 숨을 쉴 수가 없었다. 벽에서도 천장에서도 바닥에서도 뾰쪽하게 날이 선 칼날들이 아라를 겨눴다. 아라는 가슴을 붙잡고 잔뜩 웅크렸다. 등줄기에 식은땀이 흘렀다. 얼마인지도 모를 시간이 흘러 그 땀이 다 마르고 난 뒤에야 간신히 정신을 차릴 수 있었다.

어느 날, 가수가 된 채린이 방송에 나타났다. 아라는 텔레비전 앞에 바짝 달라붙어 자신이 좋아하는 아이돌 그룹의 출연을 기다리던 차였다. 무방비 상태였다. 미처 피할 수 없었다. 채린이 짙게 화장하고 화려한 퍼포먼스를 뽐내며 아라 앞에서 춤을 추고 노래를 불렀다. 아라는 그 노래가 다 끝날 때까지, 자신이 좋아하던 아이돌 그룹의 노래와 인터뷰가 다 끝날 때까지, 엄마가 그만 좀 보라며 텔레비전 전원을 꺼 버릴 때까지 꼼짝도 못 한 채 넋을 놓고 있었다.

아라는 그날 이후로 텔레비전을 보지 않았다. 그래도 채린은 아라 곁을 맴돌았다. 데뷔 후 얼마 지나지 않아 음악 차트 순위권에 올라간 채린의 노래는 친구들이 즐겨 듣는 음악이 되었다. 친구들은 함께 이야기를 나누다가도 느닷없이 채린의 노래를 흥얼거렸다.

"그만! 제발 그 노래 좀 그만해! 정말 지긋지긋해!"

아라는 친구들에게 소리치고 싶었지만, 그럴 수 없었다. 그럴 때마다 그저 뾰족한 칼끝을 피해 잔뜩 웅크릴 뿐이었다. 아라는 그렇게 조금씩 친구들과도 멀어졌다. 정말 지긋지긋하게 아라의 곁을 따라다니는 채린, 이제 아라가 피한다고 피할 수 있는 상황이 아니었다. 온 세상이 채린의 것인 듯했다. 아라가 숨을 곳이 없었다. 아라는 무척 괴로웠다. 다 잊은 줄 알았던 과거가 자꾸만 떠올랐고, 마음을 다잡기가 쉽지 않았다. 당연히 성적도 곤두박질쳤고, 학교생활도 건성으로 할 수밖에 없었다.

'박채린, 도대체 왜!'

채린으로 인해 떠오르는 기억들, 그 기억들은 죄다 아픔이었다.

어젯밤 인터넷에서 본 글이 다 거짓말은 아니었다. 아라는 떨리는 손으로 원본 글을 작성한 이를 찾았다. 몇 시간 동안 수행평가 준비도 잊은 채 인터넷을 떠돌았지만 원본 글을 작성한 사람은 찾지 못했다. 익명 게시판에 올린 글이었으니까.

'누굴까?'

아라는 밤새 한숨도 자지 못했다. 무서웠다. 모든 것이 다시금 수면 위로 올라오는 것이 소름 끼치게 싫었다. 싸울 수 있다면 죽을 때까지 싸워 볼 자신이 있었지만, 또 참아야 한다면 다시 참아 낼 자신은 없었다. 아라에게 두려움은 자신의 참을성을 또 한 번 확인해야 하는 모진 과정이었다. 그 과정에서 또다시 마주해야 할 엄마의 얼굴…. 아라는 눈을 감았다.

등굣길에 확인해 보니, 그 글의 아래에 추가 폭로 글이 올라와 있었다. 추가 폭로 글은 대부분 과장이고 거짓이었다. 당시의 채린과 가장 가까웠던 건 아라였다. 누구도 아라만큼 채린을 알 수는 없었다. 박채린, 그러니까 이제 가수가 된 A양의 절친 B양은 바로 아라였다. 하지만 채린과 아라의 이야기는 신원도 알 수 없는 누군가의 말과 글로 꼬리에 꼬리를 물었다. 그럴수록 과장도 거짓도 다 사실로 둔갑했고, 아라가 알지 못하는 또 다른 일이 만들어지고 그 뼈대에 다시금 살이 붙기 시작했다. 마치 사실처럼 생생한 가짜 이야기가 만들어졌다. 미치도록 잔인한 일이었다. 아라는 걷잡을 수 없이 퍼지는 이 이야기에 그만 정신이 아득해졌다.

아이들이 곧 자신이 B양임을 알아낼 것만 같았다. 친구들의 비웃음이 들리는 것 같았다. 아라의 감은 눈 위로 무섭게 늘어나던 댓글들이 쏟아졌다. 그 댓글들의 단어 하나하나가 또다시 아라의 온몸을 감쌌다. 그리고 점점 더 죄어들었다. 그 뾰족한 날이 아라의 심장을 찌르고도 멈추지 않았다. 점점 더 깊숙이 아라의 몸을 찔렀다.

결국, 칼날이 아라를 관통했다. 아라는 숨을 쉴 수가 없었다. 아라의 몸이 맥없이 옆으로 쓰러졌다.

쿵.

"뭐야? 야! 아라야! 어머 어머! 어떻게 해?"

"아라야! 아라야! 얘들아, 선생님 불러!"

"아라야! 얘 왜 이래? 정신 차려 봐! 아라야!"

아이들이 웅성웅성 곁으로 모여드는 소리가 들렸지만, 아라의 눈에는 아이들의 그림자마저도 모두 뾰족한 칼날처럼 보였다. 모든 게 두려워진 아라는 그대로 정신을 놓고 말았다.

아라가 정신을 잃고 병원으로 실려 가는 동안에도 A양과 B양에 대한 온갖 이야기들은 여기저기서 곧 터져 버릴 풍선처럼 빵빵하게 부풀어 오르고 있었다.

몰락

"너 왜 이제 나타나? 내가 어제 늦게라도 들어오라고 했지?"

"죄송합니다."

"지금 상황이 어떤 줄이나 알아? 지금 일분일초가 얼마나 중요한지 몰라서 이래? 어떻게 된 거야? 네 얘기나 좀 들어 보자."

"대표님…. 지금 떠도는 이야기, 게시판에 올라온 글…. 사실입니다. 그 A양, 저 맞아요. 그러니 팬들에게 솔직하게 얘기하고 제가 직접 사과하겠습니다. 자리 만들어 주세요."

"야! 박채린!"

"어제 많이 애쓰신 거 알아요. 기다리고 계시는 것 알았는데, 저도 생각할 시간이 필요했어요."

"생각할 시간? 그래서 그 시간 동안 생각한 게 그거야? 다 인정하고 사과하겠다고? 휴…."

차 대표는 이마를 짚었다. 채린의 소속사에서는 아직 공식 입장을 내놓지 않았다. 사실 여부를 확인하고 있다는 말과 허위 사실 유포 시 강력히 대응하겠다는 뜻만 반복해서 내보내고 있었다. 언론사와 접촉하고 팬들의 동향을 살피며 어떻게든 시간을 끌어 볼 참이었다. 폭로에 충격을 받은 채린이 안정을 찾으면 현실적인 대안을 찾아야 했다. 소문을 진정시키고, 채린의 이미지에 타격을 덜 주는 방안을 찾아야 했다. 지금 이 상황을 어떻게 모면하느냐에 채린의 연예계 생명이 달려 있었다.

차 대표는 자신의 민얼굴을 몇 번이나 쓸어내렸다. 담담히 고백하는 채린을 앞에 두고, 아무 말도 할 수 없었다. 처음부터 터무니없는 헛소문이라고는 생각되지 않았다. 그래서 더 불안했다. 하지만 채린이 나타나면 뭐라 변명이라도 해 줄 줄 알았다. 그런데 다 인정하겠다니…. 상황이 더 답답하게 꼬여 갔다.

채린과의 계약에 목을 맨 것은 채린이 아닌 차 대표 자신이었다. 채린을 처음 본 순간, 이 바닥에서 20년을 버텨 온 촉이 발동했고, '나는 연예인감이 아니다'라는 채린에게 '무조건 성공시켜 주겠다'라며 계약서를 먼저 들이민 것도 차 대표였다. 그러니 이제 와서 채린을 탓할 수는 없는 노릇이었다. 어떻게든 수습해야 했다.

"법무 팀 들어오라고 해! 홍보 팀도! 빨리!"

"아뇨, 대표님. 제 잘못입니다. 그러니 제가 해결할게요. 다른 분들께 폐 끼치고 싶지 않아요."

"네가? 뭘? 박채린, 네가 혼자 뭘 할 수 있다고 생각해?"

"어떻게든 회사에는 피해가 덜 가도록… 사과문도 올리고 기자 회견도 하겠습니다. 그리고 제가 은퇴를…."

"뭐? 은퇴? 고작 생각해 낸 게 은퇴야? 박채린, 네가 혼자 그 자리에 올라간 줄 알아? 은퇴는 누구 마음대로 은퇴야! 그러니까 어쩌자고 그런 시답잖은 사고를 쳤어?"

"죄송합니다."

"죄송하다는 말 말고, 제대로 대책을 세워야 할 거 아냐?"

"대표님, 그러니까 제가 책임질 수 있도록 해 주세요."

"책임? 하! 책임? 됐고, 넌 지금부터 내가 시키는 것 외에는 아무것도 하지 마. 내 말 알아들어? 네가 할 수 있는 건 아무것도 없다고!"

채린은 누군가가 자신에게 던진 돌을 피할 수 없다면 부딪혀야 한다고 생각했다. 할머니가 말한 순리라는 것은 억지로 짜맞추는 대책이 아닐 것이었다. 채린은 모든 것을 다 잃게 되더라도 차라리 홀가분해지고 싶었다. 지긋지긋한 죗값을 이제는 그만 모조리 털어 내고 싶었다.

사실 어제는 또다시 모든 것을 잃게 될까 두려웠지만, 오늘은 크게 잃을 것도 없는 것 같아 안심되었다. 마음을 비우니 어려울 것이 없었다.

차 대표는 법무 팀 김 변호사가 내민 서류를 받아 들었다. 미간에 잔뜩 주름이 진 채로 서류를 읽어 내리던 차 대표는 그 종이를 채린의 앞으로 내던졌다.

"자, 이거 꼼꼼히 잘 읽어 봐! 어디까지가 너고, 어디서부터는 네가 아닌지 제대로 확인해! 실수 없이!"

김 변호사가 인터넷에 떠도는 게시 글의 폭로 내용을 일목요연하게 정리한 서류였다. 빼곡히 정리된 내용은 세 바닥을 가득 채우고도 넘쳤다. 일부는 사실이었지만, 임신설에 낙태설까지 적혀 있는 것을 보자 채린은 기가 막혔다. 채린은 체념한 상태로 김 변호사의 질문에 사실대로 대답했다. 과거에 비행을 저지른 '진짜 자신'과 오늘날 누군가가 만들어 낸 '가짜 자신'을 차분히 짚어 가며 구분해 내다 보니 자꾸만 속에서 쓴 물이 올라왔다. 어쩌면 누군가가 만들어 낸 '가짜 자신'이 오늘의 진짜 내가 되었을지도 모른다. 할머니를 만나지 않았다면 저들이 가짜로 만들어 낸 모습대로 살아가고 있었을지도 모른다. 여전히 방황하며, 죽기로 마음먹은 듯 극으로 치닫는 삶, 점점 더 많은 희열을 추구하던 삶…. 욕지기가 솟아오른 채린은 자리를 박차고 화장실을 향해 뛰쳐나갔다.

차 대표는 그런 채린을 아픈 눈으로 바라보았다. 지켜 줄 수 있을지 걱정이 되었다. 채린이 잘 버텨만 준다면, 자신의 모든 것을 걸고라도 지켜 주고 싶었다. 그간 채린이 보여 준 모습은 차 대표의 마음속에 그런 의리가 자라나게 했다. 채린은 누구보다 열심이었다. 자신과의 모든 약속을 성실히 지켜 내는 당찬 아이. 그러나 늘 슬픔을 머금고 있는 아이.

차 대표가 채린을 처음 본 것은 국숫집이었다. 우연히 들렀던 국숫집인데 진한 멸치 육수에서 돌아가신 어머니의 손맛이 느껴졌다. 그 이후로 차 대표는 근처를 지날 때면 조금 돌아가더라도 항상 그 국숫집에 들렀다.

어느 날, 못 보던 아이가 그릇을 치우고 있어 물어보니 국숫집 할머니의 손녀라고 했다. 사정이 생겨 함께 살게 되었다고. 아이를 보자마자 찬찬히 뜯어볼 것도 없이 차 대표는 첫눈에 크게 될 인물이라는 것을 알았다. 온전히 다듬어진 예쁜 얼굴은 아니었지만, 묘한 매력이 있는 신선한 외모였다. 차 대표는 채린에게서 눈을 뗄 수 없었다. 분명 어디서든 주목을 받을 수밖에 없는 생김새였다. 차 대표는 몇 번 더 국숫집을 오가며 채린을 살폈다. 할머니를 돕는 손길이 야무졌고, 손님들을 대하는 태도는 공손했다. 이 바닥에서 길게 살아남으려면, 타고난 끼만큼이나 중요한 것이 성실함과 겸손함이었다.

채린을 충분히 살폈다고 판단한 차 대표는 회심의 미소를 띠며 천천히 국수를 삼켰다. 손님들이 다 빠져나갈 때까지 기다린 차 대표는 채린에게 명함을 내밀었다.

"이게 뭐예요?"

"학생, 오로라 기획이라고 들어 봤어요? 가수 서영, 알죠? 얼마 전에 신곡 〈회색 하늘〉을 낸 발라드 가수."

"알죠, 당연히!"

채린은 서영의 신곡이 재생되고 있는 스피커를 가리켰다.

"오로라 기획은 가수 서영의 소속사예요. 채린 양에게 내가 서영처럼 연예계에 진출할 기회를 좀 주고 싶은데…."

"저한테요? 에이. 저는 연예인은 못해요. 아무나 하나요, 뭐."

"왜 그렇게 생각하죠? 내가 보기엔 충분히 가능성이 있는 데…."

"에이, 농담이시죠?"

놀란 눈을 동그랗게 뜬 채린에게 차 대표는 열심히 그녀의 미래를 그려 주었다. 얻을 수 있는 것들은 물론, 잃을 수 있는 것들에 대해서도 충분히 설명했다.

"학교생활이 아무래도 좀 힘들 수 있어요. 친구들 만나기도 어렵고, 사생활 관리도 중요하기 때문에 철저히 통제될 거고…."

"그런 건 중요하지 않아요. 그리고 학교는 안 다녀요. 고등 검정고시를 준비하고 있어요."

"아…."

그때 이유를 묻지 않은 것은 차 대표였다. 알 수 없는 사연이 밴 채린의 표정에 넋을 잃었으니까. 차 대표의 긴 설명을 듣는 채린의 표정은 시종일관 덤덤했다. 뭔가 의심을 하는 것 같기도 했다. 혼이 나간 듯한 얼떨떨한 표정으로 연신 질문을 쏟아 낸 것은 채린이 아닌 그녀의 할머니였다. 한동안 잠자코 있던 채린이 입을 뗐다.

"제가 가수 서영처럼 성공하면, 얼마나 벌 수 있는 건가요?"

당돌했다. 오디션 기회를 얻고 싶어 밤새 줄을 서는 소속사라는 것을 채린이 모르는 것 같아 조금 억울한 마음이 든 것도 사실이었다. 하지만 그 당돌한 질문마저 차 대표는 마음에 들었다.

"음…. 그건 채린 양이 하기 나름이겠죠. 얼마나 벌기를 원해요?"

"전, 이 국숫집을…."

"아, 이 집 정도는…."

낡은 주택을 개조해 반은 가게로 쓰고 안쪽은 살림을 사는 구조였다. 차 대표는 대충 이 집의 가격을 가늠해 보았다.

"아뇨."

채린은 차 대표의 말을 끊고 단호하게 말을 이어 갔다.

"건물이요. 이 국숫집을 1층에 내고, 나머지는 세를 줄 수 있는 건물. 한 5층 정도 되는 건물. 이왕이면 서울에 있었으면 좋겠는데…. 우리 할머니는 좀 쉬고 전문가한테 국숫집을 맡기려면 서울이 좋겠죠. 그리고 또 내가 나중에 일을 그만둬도 다달이 들어오는 월세로 할머니랑 나랑 먹고살아야 하니까 그런 건물 하나 정도. 전 딱 그만큼을 원해요."

"얘가 뭔 욕심을 이리 부려? 이 할미가 국숫집을 왜 그만둬? 이 일도 안 하면 네 할미 죽어. 늙은이가 움직여야 오래 살지. 하이고, 참. 네 할미 이리 팔팔한데 벌써 뭔 소리래? 그리고 대표님, 이 어린것 앞날이 걸린 문제인데… 일단 좀 생각을 해 봅시다. 내가 늙고 무식해 도무지 뭔 소리인지 잘 알아듣지도 못하겠으니, 나도 여기저기 좀 알아보고…"

"네. 그러시죠, 그래야죠. 여기 명함 두고 가겠습니다. 천천히 생각해 보시고 연락 주세요. 사무실 구경을 한번 오셔도 좋고…. 그리고 채린 양, 채린 양이 하기 나름이겠지만 난 채린 양 정도면 서울에 5층짜리 건물, 욕심 못 낼 건 없다고 봐요. 아무튼 잘 생각해 보고 연락해 줘요."

그렇게 헤어지고 얼마 지나지 않아 채린이 차 대표의 사무실로 찾아왔다. 서울 중심부의 번듯한 건물, 화려하지만 깔끔한 내부를 둘러보며 할머니는 입을 다물지 못했다.

"하이고. 나는 우리 집에 국수 먹으러 오는 양반이 이래 부자인 줄 몰랐네. 이리 큰 회사 대표님인 줄 내가 여태 몰랐어."

하지만 채린은 내내 새초롬했다. 계약서의 내용을 꼼꼼히 살피고, 자신에게 불리할 수 있는 조건을 조목조목 따졌다. 할머니 외에는 자신을 챙겨 줄 어른이 없다는 것을 알고 있는 채린은 자신을 챙기는 법을 스스로 터득한 듯했다. 계약이 이루어지고 난 후 채린은 그제야 밝은 표정으로 말했다.

"저 정말 열심히 할게요. 믿어 주신 만큼, 그 이상으로 정말 최선을 다하겠습니다. 다시 태어났다고 생각하고, 정말 열심히 할래요!"

그날의 약속을 채린은 잘 지켰다. 누구보다 열심히 했다. 코피가 터지고, 피를 토해 가면서도 싫은 소리 없이 연습했고, 성공적으로 데뷔했다. 이대로라면, 채린이 말한 서울의 5층짜리 건물 하나는 그리 멀지 않았다. 차 대표는 채린의 그 꿈을 꼭 이뤄 주고 싶었다.

채린은 변기 앞에 마주 앉아 속엣것을 다 게워 냈다. 자신의 과거를 싹 다 게워 내기라도 하겠다는 듯 시퍼런 위액까지 죄다 쏟아 냈다.

"괜찮아? 너무 힘들면 좀 쉬었다 하지."

창백해진 얼굴로 돌아와 문서를 들여다보는 채린에게 차 대표가 차를 한 잔 내주며 말했다.

"괜찮아요. 속이 좀 안 좋아서…. 바쁘신데, 죄송해요."

"채린이 너는 이것만 마저 하고 들어가 봐. 앞으로 더 힘들 테니 각오하고."

"네. 저 정말 괜찮아요. 다들 저 때문에 바쁘신데…."

"자, 어서 마무리하자고."

채린은 하던 일을 마무리했다. 차 대표는 서둘러 채린을 돌려보내며 노파심에 말을 이었다.

"채린이 너. 앞으로 전화, 문자 다 차단해. 인터넷 댓글도 보지 마. 아니, 아예 인터넷을 끊어! 무슨 말인지 알지? 김 실장, 쟤 핸드폰 가져와, 얼른!"

"됐어요, 대표님. 무슨 말씀이신지 알아요. 걱정하지 마세요. 저 이 정도로 안 무너져요. 그리고 미리 말씀 못 드려 죄송해요. 그냥, 죗값을 다 치렀다고 생각했어요. 그래서 말씀 안 드렸어요. 또 묻지도 않으셨고…. 대표님, 저 당분간 할머니 집에 가 있을게요. 걱정하지 않으셔도 돼요."

"그래. 알았어. 당분간 좀 잠잠해질 때까지 잘 버텨 보자."

차 대표는 몇 시간 동안 꼼짝 않고 그 자리에서 회의를 거듭했다. 뾰족한 수를 찾아내야만 했다. 회사의 사활이 걸렸고, 스무 살도 안 된 채린의 인생이 걸린 문제였다.

"일단 명확한 증거가 드러나는 부분은 사과문을 올려. 최대한 진솔하게 쓰고…. 기자들 한 명씩 무조건 다 만나. 전화 말고, 만나서 얘기하란 말이야. 무슨 말인지 알아들어? 그리고 익명으로 글 올린 그 아이도 찾아내. 법무 팀 김 변이 직접 가서 협박이든 뭐든 해서 그 글 내리라고 하란 말이야! 허위 사실이었다는 확인서도 받아 내고. 실시간 댓글 관리 팀 꾸려. 단단히 확인해. 아이디, 아이피 증거 다 만들어 놓고. 아! 내부에서도 말 새어 나가지 않게 제대로 단속해. 다들 입사할 때 정보 유출 금지 서약은 했을 테고, 대충 넘어가는 일 없을 거라고 똑똑히 전달해."

채린은 차 대표가 잘 해결해 주리라 믿었다. 하지만 차 대표의 계획은 채린의 생각과는 좀 달랐다. 차 대표는 명확하게 드러난 일부분을 제외한 나머지 모두가 허위 사실이며, 허위 사실을 유포한 사람을 반드시 밝혀내 고소하겠다고 경고했다. 이와 관련된 댓글들도 낱낱이 살필 것이며, 어떤 상황에서도 선처는 없음을 강조했다. 팬 여러분께 실망을 드린 점은 사과한다고 했지만, 입장문은 대체로 강경했다. 소속사는 여느 때보다 발 빠르게 움직였지만, 한번 대중의 호기심을 자극한 이슈는 좀처럼 가라앉을 기미가 보이지 않았다.

– 뭐야? 그러니까 박채린은 아니라는 거야? 우리 사촌 형이 걔랑 같은 중학교 출신인데, 다 사실이라고 했는데?

– 그럼 최초 폭로자를 고소한다는 거임?

– 도둑질한 게 그냥 해프닝? 어떻게 경찰서까지 간 도둑질이 해프닝이람?

– 그냥 쿨하게 까고 사과하지. 찌질하네….

– 박채린, 개실망. 오늘부터 안티팬 1일.

– 우리 여신님 완전 나락. ㅠㅠ

– 변명만 오지게 하네. 피해자한테 사과는 안 하냐?

– 도둑년이 청순녀 코스프레를 했다니 어이없네.

최초로 폭로 글을 올렸던 이는 손톱을 잘근잘근 씹었다. 그리고 다시 키보드 위에 두 손을 올렸다. 더는 못 할 짓이 없었다. 망가지지 않으려고 부단히 애를 쓰는 채린을 짓밟고 싶었다.

손을 놓친 이유

　은경은 예약 시간이 훨씬 지나도록 연락이 없었다. 아무래도 오늘은 그녀를 만날 수 없을 듯했다. 상담 예약이 취소되었으니 나는 일찍 퇴근할 생각이었다. 숙소로 가서 지중해의 반도 국가 이탈리아에서 건너온 와인을 한잔하며 지구 여행을 만끽하는 시간을 가져야겠다고 생각했다. 창밖으로 한강 야경을 바라볼 수 있으니 더욱 좋을 터였다. 지구인들이 자주 홀짝거리던 그 술을 드디어 구했다. 지구의 과일은 하나같이 다 맛이 기가 막혔다. 그 중 포도는 동글동글한 알이 봉긋이 모여 있는 과일인데, 매우 달콤했다. 껍데기에서 톡 하고 튀어나온 매끈한 포도 알갱이가 입 안에 쏙 들어오는 느낌도 무척 재미있었다. 씹으면 과즙이 입안에 고루 퍼지고 어느새 호로록 목구멍으로 넘어갔다. 와인은 그 과일을 발효해 만든 술이라고 했다. 나는 와인이 어떤 맛인지 충분히 상상할 수 있을 만큼 많은 정보를 가지고 있었지만, 오롯이 내 혀끝으로 느껴 보고 싶었다.

우리는 특별한 음식이 아닌 다음에는 캡슐 형태로 영양소를 섭취한다. 작은 알갱이지만 영양소를 고루 갖추고 있음은 물론이고, 모든 맛과 향을 느낄 수 있다. 차리고 치우는 번거로움 없이 충분히 먹는 즐거움을 느낄 수 있으니 굳이 애써 음식을 찾을 이유가 없다. 하지만 나는 요즘 되는 대로 많은 음식을 먹어 보려 한다. 여행지에서의 묘미는 바로 현지 음식이니까. 내가 산 와인과 어떤 음식이 어울리는지 검색해 보려는 찰나, 문이 열리고 은경이 들어섰다. 은경의 등 뒤에는 아라가 있었다.

"죄송해요, 선생님. 많이 늦었지요."

"아닙니다. 괜찮습니다. 어서 오세요."

나는 모녀를 편안한 의자로 안내했다. 그녀의 삶에 티끌 같은 도움이라도 줄 수 있다면 그것이 와인 한 잔의 여유보다 더 값진 일이라 생각하며.

은경은 그간 아라에게 있었던 일을 설명해 주었다. 극심한 스트레스로 위경련이 생겼고, 요즘 방과 후 수업을 중단하고 집에서 쉬고 있다고 했다. 오늘은 모처럼 깊게 잠든 아라를 깨울 수 없어 약속 시각을 지킬 수 없었다고 그녀는 거듭 사과했다. 나는 상황을 충분히 이해하며, 늦게라도 와 주셔서 다행이라는 인사를 덧붙였다. 그리고 은경에게 아라와 상담을 진행하는 동안 잠시 밖에서 기다려 달라고 정중하게 부탁했다. 은경은 안쓰러운 눈으로 아라를 한 번 건너보고는 자리를 비켜 주었다.

상담실에는 나와 아라만 남았다. 아라는 무척 긴장한 얼굴이었다. 그녀의 시선은 허공에 머물러 있었고, 작은 체구는 잔뜩 움츠러들어 있었다. 극심한 불안 상태였다. 불안의 파동이 생각보다 깊고 짙었다. 나는 상담실 조명의 따뜻하고 편안한 빛의 파장을 아라에게 맞추었다. 빛이 아라를 쓰다듬었다. 아라는 곧 빛에 안길 것이다. 나는 서서히 긴장이 풀릴 아라에게 따뜻한 캐모마일 차를 내밀었다.

"긴장되죠? 편안하게 생각해요. 그냥, 일기를 쓴다고 생각해도 되고 혼잣말한다고 생각해도 돼요. 상담이 처음인가요?"

"아니요. 몇 번 해 본 적 있어요."

"다행이네요."

나는 아라를 향해 따뜻하게 웃어 보였다. 눈이 마주쳤다. 한참 동안 내 눈을 들여다보는 아라의 눈동자가 흔들렸다. 나는 길 잃은 그녀의 눈동자가 차분히 자리를 잡을 때까지 가만히 그녀를 바라보며 따뜻한 위로의 눈빛을 보내 주었다. 나를 믿어도 된다는 마음의 메시지를 담아.

잠시 후, 아라의 경계심이 다소 풀린 듯했다. 나는 아라가 나를 신뢰할 수 있도록 목소리 톤을 낮춰 천천히 상담을 시작했다.

"아라 양, 우리 어디서부터 이야기를 나눠 볼까요?"

"선생님, 엄마가 뭐래요? 왜 날 여기에 데려온 거래요? 뭐가 또 엄마 마음에 들지 않았을까요? 나 정말 잘 참고 있는데…."

"음…. 엄마는 최근에 아라 양에게 아라 양이 감당하지 못하는 힘든 일이 생긴 건 아닌지 걱정하셨어요. 심리적으로 안정이 좀 필요하다고 생각하신 것 같기도 하고요. 그래서 제가 아라 양을 만나 보기로 했죠. 그런데 아라 양은 엄마의 걱정과 달리 별다른 문제가 없는 건가요?"

"네, 없어요. 엄마는 제가 또다시 왕따를 당하는 것은 아닌지, 또다시 안 좋은 일에 휘말리는 것은 아닌지 불안해해요. 그래서 아마 상담소를 찾은 것 같아요. 하지만 엄마가 생각하는 그런 일은 없어요. 지금 학교생활엔 아무 문제가 없어요."

"정말 다행이네요. 아라 양, 그럼 내가 아라 양을 위해 무엇을 도울 수 있을까요?"

"선생님, 여쭤보고 싶은 게 있어요."

아라는 쓴 얼굴로 말을 이었다.

"실은 여쭤보고 싶은 게 있어서 그냥 엄마를 따라왔어요. 선생님, 최면 치료 같은 거로 제 기억을 지워 버릴 수는 없나요? 자꾸만 옛날 기억이 떠올라요. 그래서 미칠 것 같아요. 사고를 당하면 기억상실증에 걸리기도 하잖아요. 기억을 없앨 수 있다면, 당장이라도 창밖의 저 차들 속으로 뛰어들 수 있을 것 같아요. 선생님, 제 기억을 지워 버릴 방법을 알고 싶어요."

"기억을 지우는 일…. 현대 의술로는 불가능해요. 사고로 인한 기억상실은 일시적 또는 영구적인 뇌 손상이에요. 의도적으로 어떤 기억을 콕 집어 없애 버릴 수는 없어요. 아라 양이 모르지 않을 텐데…. 도대체 어떤 기억이 그렇게 아라 양을 괴롭히는 걸까요? 내가 그 기억을 달래 볼 수는 있을 것 같은데…. 그놈의 기억이 아라 양을 좀 덜 괴롭히도록. 어디 내가 한번 그 기억을 혼쭐을 내 볼까요? 그래도 될까요?"

나는 아라를 향해 싱긋 웃었다. 아라도 살포시 미소를 지었다. 아라에겐 별 기대 없이 자신의 이야기를 쏟아 낼 조금 만만한 상대가 필요했다. 지우고 싶다는 건 어딘가에 쏟아 버리고 싶다는 것과 비슷하다. 실컷 쏟아붓기만 해도 지워 버린 듯한 후련함을 조금은 맛볼 테니까. 게다가 아라는 여태껏 누구에게도 자신의 이야기를 다 털어놓을 수 없었을 테다. 엄마에게는 더더욱.

나는 아라에게 아주 만만한 상대가 되어 주기로 했다. 그저 마주 앉아 있는 멀대같이 키만 큰 싱거운 상담사, 그것이 내 역할이었다.

"자, 그럼 어디 한번 얘기해 봐요. 그 지워 버리고 싶은 기억에 대해서. 편안하게."

아라는 나를 슬쩍 올려다보고는 천천히 자신의 이야기를 쏟아 내었다. 조명이 그녀를 포근하게 품어 안고 있었다.

"그 애와 저는 아주 어릴 때부터 친구였어요. 그 아이, 박채린. 선생님도 아시죠? 가수 박채린. 최근에 악성 스캔들이 터진 아이."

나는 그저 가만히 고개를 끄덕였다.

"이제 와 생각해 보면 채린인 나를 괴롭히기 위해 태어난 아이 같아요. 그렇지 않고서야 이렇게 끈질기게 나를 쫓아다니며 괴롭힐 이유가 없죠."

"처음 만난 게 언제였어요?"

"유치원 때요. 채린이가 우리 동네로 이사를 왔어요. 우린 유치원을 함께 다녔어요. 그냥 자연스럽게 어울렸어요. 중학교 때까지."

"유치원 때부터 중학교 때까지…. 참 오랜 시간을 함께했군요."

"네. 하지만 함께한 시간만큼 가까워질 수는 없었어요. 세상의 모든 관계가 그렇겠지만, 함께한 시간에 비례해 친밀감이 생기는 건 아니잖아요. 우린 정말 달랐어요. 하나도 맞는 구석이 없었죠. 그 앤 어디서든 주목받는 아이였고, 전 존재감이 없는 아이였으니까. 뭐, 어쩌면 그래서 우리가 친해졌는지도 몰라요. 그 앤 나를 이용해야 했으니까. 어디서든 눈에 띄지 않는 호구가 필요했을 테니까."

아라는 자연스럽게 자신의 기억을 불러들였고, 나는 조심스럽게 그녀의 기억을 따라 읽었다.

채린은 늘 주목받는 아이였다. 밀가루처럼 하얀 피부에 새카만 눈동자를 가진 채린은 유치원 때부터 가만히 있어도 사람들의 이목을 끌었다. 채린은 늘 당당했다. 표정도 목소리도 걸음걸이도 그리고 울음소리까지도.

"아야! 왜 때려! 아프잖아! 으아아앙!"

자기가 먼저 꼬집었으면서, 참다못한 아라가 너무 아파 살짝 밀쳤을 뿐인데 채린은 앙칼지게 울었다.

"아이고, 채린이 괜찮니? 뚝. 우리 예쁜 공주님, 그만 울어요. 어서, 뚝. 아라야, 친구를 때리면 안 돼."

"그게 아니고 채린이가 먼저…."

"으앙. 선생님, 너무 아파요."

"아이고, 우리 채린이 많이 아파? 아라야, 어서 채린이에게 먼저 사과해."

"선생님, 그게 아니고…. 채린이가 먼저…."

"흑흑. 됐어. 아라야, 괜찮아."

"어머. 채린이 정말 착하다. 친구가 사과하기도 전에 받아 주는 거야? 아유, 예뻐라. 채린이는 어쩜 마음씨도 예쁘네. 선생님이 오늘 채린이에게 칭찬 스티커를 많이 붙여 줘야겠네."

채린은 칭찬 스티커를 손에 들고 방긋방긋 웃었지만, 아라는 그 웃음이 징그러웠다.

"아라야, 이거 너 줄까?"

채린이 활짝 웃으며 아라에게 자신이 받은 스티커를 건넸다.

"됐어! 필요 없어!"

"왜 그래? 아라야, 같이 가자!"

채린은 제가 한 행동에 대해 늘 아무렇지도 않았다. 뒤돌아서면 방금 있었던 일도 잊어버렸다. 아라는 괜찮지 않은데, 채린은 늘 금방 괜찮아졌다. 아라는 그것이 억울했다.

아라는 유치원에서 돌아와 엄마에게 그 억울함을 호소한 적이 있었다. 엄마라도 자신의 이야기를 들어 주기를 바랐다.

"엄마, 오늘 유치원에서 채린이가 나를 먼저 꼬집었어. 그래서 내가 채린이를 밀었는데, 선생님이….

"친구를 왜 밀었어? 그래서? 채린이가 많이 다쳤어? 선생님이 뭐라고 하시던?"

"엄마! 그게 아니라, 채린이가 먼저 나를 꼬집었다고!"

"아라야, 친구들하고는 사이좋게 지내야 해. 자꾸 친구들하고 싸우면, 엄마들이랑 선생님들이 너를 안 좋게 생각해. 그러니까 괜히 트집 잡힐 짓은 아예 하지 않는 게 좋아. 알겠어?"

엄마는 아라의 말을 듣지 않았다. 아라의 상처를 쳐다보지 않았다. 엄마는 그저 아라가 어디에서든 누구에게든 주목받지 않기를 바랄 뿐이었다. 그저 조용히 없는 듯 지내는 아이로 자라주길 원했고, 점차 아라도 그런 아이가 되어 갔다.

어디에서나 누구에게나 주목받는 아이와 남들의 눈길을 받아서는 안 되는 아이, 두 아이는 그렇게 어울려 자랐다.

"음…. 어린 마음에 아라 양이 매우 속상했겠어요. 멀어질 수는 없었나 봐요. 초등학교도 중학교도 어쩔 수 없이 같이 다녀야 했을 테고…. 따돌릴 기회가 전혀 없었나요?"

"제가 채린이를 따돌린다고요? 그런 일은 있을 수 없었죠. 채린이는 항상 중심에 있었으니까요. 채린이 없이는 친구들 무리에 낄 수 없었어요. 채린이가 끼어 있지 않은 무리는 어디에도 없었으니까. 뭐, 무리가 없어도 상관없었지만…. 난 정말 혼자 놀아도 상관없었는데 채린이가 절 혼자 두지 않았어요. 채린이도 제가 필요했겠죠. 마음껏 이용하고 제멋대로 굴어도 되는 내가…."

"그럼, 아라 양은 단 한 번도 채린 양을 친구로 여겨 본 적이 없겠네요. 그냥 나를 괴롭히는 아이, 그런 존재였던 거죠?"

"모르겠어요. 차라리 그랬어야 했는데, 그렇게 선을 그었어야 했는데…. 그랬다면 차라리 끊어 낼 기회를 만들 수 있었을 텐데…. 미련하게도 어느 순간 전 채린이를 친구라고 생각하게 되었어요. 선생님, 비밀을 공유한다는 건 친구이기 때문이잖아요. 그래서 전 그 애도 절 친구로 생각하는 줄 알았는데…. 아니었던 거예요, 처음부터. 그 애에겐 비밀도 비밀이 아니었던 거죠. 모두 거짓말, 모두 가짜. 채린이는 가짜 친구였어요."

어린 아라는 채린이 미웠다. 자신과 어울릴 수 없는 아이라고 생각했다. 하지만 둘은 같은 초등학교에 입학했고, 내리 3년 동안 같은 반이 되었다. 아라는 반 편성 때마다 배앓이를 할 정도로 채린과 함께 지내야 하는 시간을 거부하고 싶었다. 하나부터 열까지 마음에 드는 것이 없는 아이였으니까. 그래서 어울릴 수 없는 아이, 어울릴수록 벽이 생기는 아이가 채린이라고 생각했다. 일부러 무시해 보기도 하고, 때때로 다른 친구를 사귀어 보려고 노력하기도 했고, 차라리 혼자가 낫겠다고 생각한 적도 있었다. 하지만 아라는 채린에게 마음을 열었다. 채린에게 마음을 열게 된 것은 누구의 강요도 아니었고 아라가 스스로 선택한 일이었다.

초등학교 3학년 때의 일이었다. 미술 시간에 선생님이 기억에 남는 여행을 그려 보라고 했다. 아라는 스케치북에 엄마와 갔던 놀이공원을 그렸다. 솜사탕을 먹고 있는 아라와 활짝 웃는 엄마의 모습이었다. 솜사탕의 달콤한 맛이 생각나 기분이 좋았다. 아라는 파란 하늘과 엄마의 분홍 치마를 꼼꼼하게 색칠했다.

"자, 그럼 친구들에게 자신이 그린 그림을 설명해 주고 싶은 사람? 누가 발표해 볼까?"

아라는 자신의 그림을 친구들에게 자랑하고 싶었다. 스스로가 생각해도 만족할 만큼 그림을 무척 잘 그렸다고 생각했다.

그때 한 친구가 번쩍 손을 들고 앞에 나가 자신의 그림을 설명했다. 멀리 해외여행을 갔던 경험을 그린 그림이었다. 바다도 있고 고래도 있었다. 한눈에도 무척 화려하고 멋진 그림이었다.

"야! 뭐야. 너희 아빠가 어떻게 고래보다도 크냐? 큭큭."

짓궂은 남자애가 그 친구의 그림을 놀려 댔다.

'아! 아, 아빠….'

아라는 자신의 그림에 아빠가 없다는 것을 깨달았다. 아라는 다시 색연필을 들어 스케치북의 빈 자리에 가져 본 적 없는 아빠를 그릴 참이었다. 아빠가 없는 상황을 친구들에게 설명하는 것은 늘 어려운 일이었다. 그냥 없는 아빠를 그리는 것이 더 쉬운 일이었다. 늘 있었던 일이었으니까. 아라가 자신의 그림을 망쳐 가며 아빠를 그리려고 했을 때, 채린이 자신의 그림을 들고나와 친구들에게 설명했다.

"엄마랑 놀이공원에 가서 회전목마를 타고 있는 그림이야."

"네 아빠는?"

앞자리에 앉은 친구의 질문이었다. 채린은 망설임 없이 말했다.

"우리 아빠? 우리 아빠는 하늘나라에 계셔. 내가 여섯 살 때 사고로 돌아가셨거든."

"아…."

채린에게 아빠가 없다는 것을 아라는 그날 처음 알았을까? 아니, 어쩌면 예전부터 알고 있었을 텐데, 늘 당당했던 채린의 모습에 그 사실을 잊고 있었던 건지도 모른다. 아라가 아빠가 없어서 주눅 들어 있었다면, 채린은 아빠가 없어도 세상을 다 가진 것처럼 보였다.

그날 채린의 그림은 아라의 것과 닮아 있었다. 아라는 자신도 채린처럼 아빠가 없어도 기죽지 않는 괜찮은 아이가 되고 싶었다. 그날 이후로 아라는 채린을 닮아 가고 싶었다. 채린의 말투, 표정, 머리 모양까지…. 아라는 그렇게 마음의 벽을 조금씩 허물었고, 아라는 자신이 채린과 가장 친한 친구라고 자신하게 되었다.

중학생이 되어서도 둘은 늘 붙어 다녔다. 채린과 자신의 사이를 질투하는 아이들이 자신을 '채린이 쫄따구', '채린이 따라쟁이', '채린이 껌딱지'라고 부르는 것을 모르지 않았지만, 아라는 아랑곳하지 않았다. 채린과 아라가 가지고 있는 교집합은 아이들이 알 수 없는 것이었으니까. 둘만이 공유하는 비밀, 그것이 존재하는 이상 자신만이 채린에게 특별한 존재일 거라고 믿었다.

"이건 지난번에 그 유부남 아저씨가, 이건 이번에 그 아르바이트생 삼촌이 사 준 거야."

채린은 백화점의 비싼 브랜드 옷을 주로 입었고, 명품 신발을 신기도 했다. 친구들은 그저 채린을 부러워했지만, 아라는 그 안에 숨겨진 상처를 알고 있었다.

"아라야, 쟤네 말이야. 이 명품 신발을 우리 엄마가 남자들 꾀어서 얻은 거라고 해도 나를 부러워할까? 그땐 아마 날 비웃겠지? 품. 남의 속도 모르고 부러워만 하다니⋯. 그래도 뭐, 이런 거라도 누려야지. 안 그래? 호호."

채린은 웃고 있었지만 울고 있었다. 그 웃음이 몹시도 쓸쓸해 보였다. 채린의 상처와 아픔은 고스란히 아라의 몫이기도 했다.

"채린이의 상처와 아픔에 모두 다 공감할 수 있었던 건 아니에요. 그 앤 그래도 아빠를 한 번이라도 가져 본 적이 있었지만, 나는 아니었으니까. 난 아빠 얼굴도 이름도 모르니까. 죽어서 영영 만날 수 없다는 것과 만남에 대한 아픈 희망을 견뎌 내야 하는 것⋯. 선생님, 둘 중 어느 것이 더 큰 상처일까요? 어느 것이 더 아픈 걸까요? 가끔 궁금하긴 했지만, 그래도 채린이가 가진 상처랑 내가 가진 상처가 크게 다르지 않다고 생각했어요. 그래서 우린 친구라고 생각했죠. 그런데 채린이는 현지를 만난 이후로 달라졌어요. 자꾸만 그 아이들의 꾐에 넘어갔고, 저를 따돌렸어요. 선생님, 차라리 우리가 어렸을 땐 솔직했던 것 같아요. '나 인제 너랑 안 놀아!', '너랑 절교야!', '나 인제 너랑 친구 안 해!' 이런 말을 대놓고 할 수 있었으니까요. 하지만 커 갈수록 우리는 그런 말을 입 밖으로 내지 않았어요. 유치하다고 생각했으니까. 그런 말들 대신 교묘하게 에둘러 은근히 따돌리고, 웃으면서도 상처 주는 방법을 찾았어요. 어쩌면 그게 훨씬 더 잔인한 게 아닐까요? 채린이가 차라리 대놓고 말했다면, 난 아마 덜 서운했을지 몰라요."

채린은 현지와 어울리기 시작하면서부터 아라를 따돌렸다. 사실 아라는 현지의 '도둑질 놀이'에 빠진 채린을 말리고 싶었지만, 채린은 아라의 말을 듣지 않았다.

"야, 너 정말 어쩌려고 그래? 하지 마!"

"왜? 재미있잖아. 스릴 쩔어. 나 정말 너무 재미있어."

"그러다가 걸리면 어쩌려고?"

"갚아 주면 되지. 내가 돈이 없어서 도둑질하는 것 같아? 이깟 틴트 몇 개 뭐가 아쉬워서…."

"야! 그래도…."

"아라야, 넌 그냥 빠져. 너희 엄마 알면 난리 나."

"그러는 넌? 너희 엄마 알면 넌 무사할 것 같아?"

"응."

"뭐라고?"

"난 무사하지. 우리 엄마는 알 리도 없고, 알아도… 난 무사해. 아니, 어쩌면 엄마가 이 사실을 알아야 내가 살아. 엄마를 찾아서 그 속을 다 뒤집어 놔야 내가 살 것 같다고!"

"채린아…. 그, 그게 무슨 말이야?"

"넌 몰라. 엄마한테 사랑받는 너는, 엄마를 사랑하는 너는 몰라, 모른다고!"

"내가 뭘 몰라? 나도 알아. 네가 왜 그러는지…. 그런데 이건 아니잖아. 아무리 그래도…."

"아라야, 현지 쟤네 집 부자래. 아빠가 검사라더라. 그런데 왜 도둑질할까? 쟤도 나랑 닮았거든. 뭐라도 훔쳐야 살 것 같은 거야. 난 그 마음을 너무 잘 알 것 같아. 현지랑은 뭔가 통하는 게 있다니까."

"채린아, 너…. 설마 현지도 다 알아? 네가 왜 이러는지?"

"응? 그게 중요해? 알면 알고, 모르면 모르는 거지. 난 상관 안 해."

"야! 그런 말이 어딨어? 그런 걸 뭣 하러 현지한테 말해? 쟤를 뭘 믿고…."

"넌 매번 뭐가 너무 복잡해. 그만하자. 아라야, 넌 얼른 학원 가. 이따가 학원 끝나고 놀이터에서 만나. 나 먼저 간다!"

아라는 학원에 가 있는 동안 불안했다. 채린이 자신이 아닌 현지와 더 두터운 관계가 되는 것이 싫었다. 채린이 자신과 특별한 관계를 만들어 주던 모든 비밀을 다 시시한 것들로 만드는 것도 야속했고 화가 났다. 또 그 얄궂은 감정에 치여 나쁜 짓에 빠져 있는 채린을 제대로 설득하지 못하는 자신이 너무 작고 비겁해 보였다.

그날, 학원을 마치고 놀이터로 달려갔을 때 채린은 현지와 함께 있었다. 뭐가 재미있는지 멀리서도 채린의 웃음소리가 무척 크게 들려왔다. 아라가 다가가자 둘은 하던 얘기를 멈추었다. 아라는 둘이 뭔가를 숨기고 있다는 것을 직감적으로 알았다.

"무슨 얘기했어?"

"어? 뭐냐면….”

뭔가를 말해 주려는 현지를 채린이 툭 쳤다. 현지가 피식 웃었다.

"됐어. 너 같은 범생이는 몰라도 돼. 공부나 하셔. 박채린, 나간다. 내일 거기서 봐."

"거기? 거기가 어딘데?"

현지가 자리를 비운 후 채린에게 물었지만, 채린은 말하지 않았다. 별거 아니라고, 너는 몰라도 된다는 말만 했다. 현지를 만나면서 채린은 아라에게 숨기는 것도 많아졌다. 아라는 서운하고 화가 났지만 제대로 따져 묻지를 못했다. 이제 채린은 아라가 아닌 현지와 더 많은 비밀을 만들고 있는 것이 분명했다.

"음…. 채린이 아라 양을 끼어들게 하고 싶지 않았던 건, 옳지 않은 일이니까, 지켜 주려던 건 아니었을까요?"

"그 일과 관련해서만 저를 따돌린 게 아니니까요. 학교에서도 전 다시 존재감 없는 아이가 되었어요. 나는 늘 '채린이 친구'였지, 내가 '채아라'라는 걸 아는 애들은 없었어요. 학교에서도 채린이는 현지랑만 어울렸어요. 점심시간에 급식실에 갈 때도…. 저는 몇 번 쫓아다니다가 그만뒀어요. 비참했거든요. 그날도 그 애들이 불러 준 건 아니었어요. 지금 난리 난 채린이 절도 사건 말이에요. 걔들은 그날도 절 끼워 주지 않으려고 했어요. 그런데 왜 그날 따라 오기가 생겼는지 모르겠어요. 나쁜 짓을 거들어야 어울릴 수 있는 거라면 그래야겠다고 생각했던 것 같아요. 어리석었죠. 별것도 아닌 좀도둑질…. 기껏해야 그런 짓이나 하면서 만날 날 무시하는 게 견디기 싫었거든요. 그날 제가 끝까지 들러붙으니 현지가 저더러 망이나 보라고 했어요. 아이들이 도둑질하는 동안 아르바이트생이 눈치채지 못하게 다른 곳으로 시선만 끌고 있으면 된다고. 그래서 그러기로 했었죠."

작은 가게였다. 아르바이트생이 한 명뿐이라 '난이도 하'라고 현지가 자신 있게 말했다. 뭐가 신났는지 '오케이'를 외치는 채린의 목소리가 카랑하게 높았다. 아라는 아이들이 말한 가게가 가까워질수록 도망치고 싶었다. 가슴이 벌렁거렸다. 왜 이 짓을 해야 하는 건지, 도무지 이해할 수가 없었다. 코딱지만 한 가게에 넷이 들어가 걸리지 않는다는 게 믿을 수 없었다. 제 눈을 감고 모두를 속이고 있다고 믿고 있는 건지도 모를 일이었다. 가게에 들어가자마자 아라는 아르바이트생의 눈치를 살폈다. 끝난 게임이었다. 아르바이트생은 현지를 보자마자 주시했다. 이미 뭔가를 알고 있는 것이 분명했다. 아라는 조용히 채린에게 다가가서 속삭였다.

"채린아, 그냥 가자. 아무래도 분위기가 좀….”

"야! 왜 이래? 인제 와서? 내가 처음부터 넌 빠지라고 했지? 넌 저리 가 있어.”

채린이 미간의 주름이 깊게 잡히는 표정을 지었다. 성가셔 죽겠다는 표정이었다. 아르바이트생은 계속해서 현지를 주시했고, CCTV를 확인하고, 어디론가 문자를 보냈다. 모든 것이 들통났다. 아라의 머릿속이 하얘졌다. 어쩐 일인지 현지가 서둘러 먼저 가게를 나섰다. 아마 현지도 눈치를 챈 모양이었다. 모두가 현지의 뒤를 쫓아 나왔다. 예상대로 현지는 아무것도 훔치지 않은 채였다.

"큰일 날 뻔했네. 알바년이 눈치챈 것 같아. 설마 물건 건드린 거 없지?"

들어가자마자 서둘러 나왔으니 아마 아무도 물건을 건드리진 않았을 터였다.

"어? 왜?"

어리둥절한 표정으로 주머니에서 틴트를 꺼낸 것은 채린이었다. 채린이 혼자 도둑질을 한 것이었다.

"야! 넌 눈치도 없이 그걸 들고 나오면 어떻게 해?"

한심하다는 표정으로 채린을 바라보던 현지의 화살이 아라에게로 향했다.

"야! 채아라! 넌 알바년 시선 끄는 게 그렇게 어려워? 응?"

"아씨! 왜? 걸린 거야? 아닌데…. 성공한 것 같은데?"

"아 씨발, 일 틀어졌으면 넌 뒤질 줄 알아! 퉤!"

현지가 씹고 있던 껌을 아라의 머리에 뱉었다. 그러고는 시뻘

게진 얼굴로 씩씩대며 걸어갔다. 모두가 그렇게 현지를 따라 돌아섰다.

"야! 그럼 이제 어떻게 해? 이제라도 깜빡했다고 돈 내러 갈까?"

"미쳤냐?"

당황한 채린도 현지를 따라가며 말을 붙였다. 머리에 껌이 들러붙은 채로 아라만 그 자리에 남았다. 아라는 채린이 돌아올 거라고 믿었다. 되돌아와 자신을 챙겨 줄 거라고. 한참을 기다려도 채린은 오지 않았다. 아라는 가방에서 가위를 꺼내 자신의 머리를 스스로 잘랐다. 껌이 붙은 부분을 자른 후에도 자르고 또 잘랐다. 듬성듬성 손으로 잡히는 머리를 모조리 잘라 버렸다.

"그게 전부예요. 그 후로는 채린이와 전 다시 볼 수 없었으니까요. 현지는 유학 갔고, 다른 한 친구는 전학 갔다고 들었어요. 채린이는… 잘 모르겠어요. 엄마가 날 강제로 전학 보냈으니까. 전화번호도 바뀌었고, 모두와 연락이 끊겼어요. 찾으려면 찾을 수도 있었겠지만, 그러고 싶지도 않았어요. 어쩌면 처음부터 나랑은 맞지 않았던 거예요, 채린이는. 처음 만났을 때부터…. 미련하게 질질 끌었던 거예요. 때를 몰랐어요. 처음으로 되돌려야 할 때가 언제인지를 말이에요. 이제는 돌아서야 할까? 이제는 끊어내야 하는 걸까? 수도 없이 고민하면서도 이어진 관계였죠, 우리는. 그 사건이 아니었다면 아마 여태 채린이에게 질질 끌려다녔을지도 몰라요. 그러니 차라리 다 잘된 게 맞아요. 이렇게 모든 걸 다시 들춰내지만 않는다면.

전학을 오고 이곳에선 친구들하고도 잘 어울렸어요. 친한 친구도 많이 사귀었고, 채린이 따위가 생각날 이유가 없었죠. 애들하고 어울리지 못하고 병신같이 왕따나 당하던 일들은 다 지난 일이니까. 기억하고 말고 할 만한 일이 아니었는데… 채린이가 연예인이 되고부터는 어딜 가도 죄다 채린이예요. 내 의도와 상관없이 아무 곳에서나 채린이가 툭툭 튀어나와요. 너무 괴로웠어요. 그런데 급기야 그 폭로 글이 터진 거죠. 이제 세상이 B양마저 찾고 있잖아요. 그 B양이 저란 말이에요. 이젠 내가 죽어 귀신이 되어도 채린이를 잊지 못할 것 같아서 두려워요. 실컷 나를 이용한 거로 모자라 왜 또다시 이렇게 날 괴롭히는 걸까요? 모든 것이 다 채린이 때문이라고요. 이젠 다 잊고 살 만해진 저에게 또다시 나타나 B양이라는 이름표를 달아 준 아이. 정말 지긋지긋해요. 채린이가 너무 끔찍해요. 제 기억에서 그 아이를 좀 지워주세요. 흑흑."

아라가 채린을 지우고 싶은 이유는 배신감 때문이었다. 하지만 채린은 아라를 배신하지 않았다. 마음을 여닫는 반복되는 과정에 아라는 지쳤다. 그 지친 마음이 지우고 싶은 기억만을 끄집어내고 있었다. 지울 수 없는 기억은 묻어 둔 채로.

나는 울고 있는 아라에게 잠시 쉬자고 권했다. 나는 무릎을 껴안고 웅크려 울고 있는 아라를 바라보았다. 잔뜩 웅크린 자세, 아라는 울고 있는 순간마저도 자신을 웅크려 숨겨야 했던 아이였다. 나는 그런 아라가 너무 안쓰러웠다. 가만히 그녀의 등을 토닥여 주었다. 그녀가 묻어 둔 기억을 더듬으며. 아라는 자신도 모르게 떠오르는 옛 기억을 천천히 훑었다.

경찰서에서 아라가 제 머리를 쥐어뜯으며 발작을 일으키듯 쏟아 내고 있었다. 현지가 주동자였고, 자신은 아니라고 소리쳤다. 엄마를 향해서도 묵은 감정을 토해 냈다. 왜 가만히 있느냐고, 내가 아니라는데 왜 참으라고만 하느냐고, 도대체 언제까지 참아야만 하는 거냐고 악을 썼다. 당황한 모두가 어쩔 줄 모르고 있었다. 침묵을 깬 것은 현지 엄마였다.

"어머 어머…. 쟤 좀 봐. 쟤가 지금 뭐라는 거야? 어디서 누굴 모함을 해? 악을 쓰면 다 이기는 줄 알아? 누가 봐도 아비도 없이 큰 저년이 시작한 도둑질을! 감히 누구한테 뒤집어씌우려는 거야!"

"아줌마 딸."

채린이었다.

"아줌마 딸 맞아. 현지가 알려 줬어. 도둑질하는 법. 그 가게 '난이도 하'라고 같이 스트레스 풀러 가자고 한 것도 현지야. 현지가 아줌마 때문에 스트레스를 많이 받나 봐. 그러게 왜 그랬어? 애한테 좀 잘하지. 그리고 아줌마! 아비 없이 큰다고 다 도둑

손을 놓친 이유

질하는 거 아냐. 아비 밑에서 큰 현지가 도둑년이고, 아비 없이 큰 쟨 망만 봤다고. 아, 물론 아비 없이 큰 나도 도둑년이긴 하지만. 그러니까 쟨 아니야. 쟨 이 일에 끼어든 것도 이번이 처음이고, 망만 봤어. 진짜야. 경찰관 아저씨, 쟨 아니에요. 쟨 진짜 아니니까 그냥 좀 보내 주세요."

"보내긴 누굴 보내! 누구 맘대로! 아비도 없는 것들이 어디서 둘이 짜고 수작질이야? 너희, 현지 아빠가 누군지 알기나 해!"

"병신. 바람피우는 남편도 남편이라고."

짝.

채린의 뺨을 현지 엄마가 후려쳤다.

"너…. 이년이 어디서….'

한쪽 뺨이 벌겋게 부풀어 올랐는데 채린은 눈을 똑바로 뜨고 있었다. 채린의 그 눈빛은 아비 없이 자란 자신과 아라를 스스로 지키겠다는 다짐 같은 것이었다. 아라가 그것을 모를 리 없었다. 경찰서에서처럼 법정에서도 채린은 똑같았으니까. 채린은 끝까지 아라는 망만 보았다고 진술했다. 자신이 모든 것을 다 뒤집어쓰는 순간까지도.

그러고 보니 어릴 때부터였다. 아라와 채린이 한편으로 묶여 서로를 지켜 주었던 것은. 채린은 늘 조용히 참아 내야 했던 아라 대신 싸워 주었고, 아라가 차마 입 밖으로 내지 못하는 설움을 대신 뱉어 주었다. 분신 같은 친구, 그 아이가 채린이었다.

동아리 발표회 날, 무대에 오른 아라의 눈엔 카메라를 들고 있는 수많은 아빠가 보였다. 아빠들은 하나같이 환하게 웃고 있었다. '딸 바보 아빠 미소'라는 게 저런 거구나…. 아라는 괜스레 주눅이 들었다. 엄마가 혼자 와 있는 건 더 보기 힘들 것 같아 엄마마저 오지 말라고 했던 그 발표회 날, 채린은 그날도 밝은 미소로 당당하게 무대 중앙을 누볐다. 아빠도 없이, 엄마도 없이. 자신을 찍어 주는 이가 아무도 없었는데도.

무대 가운데에서 가장 빛났던 채린도, 무대 구석을 어설프게 맴돌았던 아라도 혼자였다. 하지만 그 혼자가 둘이라는 게 위로가 되었다. 모두가 떠나 버린 텅 빈 무대에서 채린과 아라는 둘이 남아 사진을 찍었다. 토끼 머리띠가 생기고, 콧수염이 생기고, 얼굴이 우스꽝스럽게 바뀌는 스마트폰 앱으로 수십 장의 사진을 찍으며 둘은 신나게 웃었다. 서로의 손을 잡고 앞뒤로 흔들며 떡볶이도 사 먹고, 아이스크림도 사 먹고, 노래방도 함께 갔다. 어둑해질 때까지 종일 손을 잡고 다녔던 그날, 아라는 평생 채린의 손을 놓치지 않으리라 다짐했었다. 그렇게 오래오래 함께하자고 다짐했었는데….

'왜 우리는 서로의 손을 놓친 걸까?'

"으아아아아앙. 으아아아아앙."

잔뜩 웅크려 울던 아라가 고개를 뒤로 젖히며 큰 소리로 울었다. 마치 어린아이처럼 발버둥을 쳐 가며. 밖에서 대기하고 있

던 은경이 놀라 뛰어 들어왔다. 나는 그녀에게 괜찮다고 기다려
주자고 말했다. 나는 그렇게 아라가 편안히 실컷 울 수 있도록
바라봐 주었다.

상처

"채린아, 저기….."

채린이 현관을 지나 소속사를 나서려고 할 때, 안내 데스크의 언니가 눈짓을 보냈다.

"접견실로 가 봐. 오래 기다리셨어."

"아…. 고마워요, 언니."

채린은 굳은 얼굴로 접견실 문을 열었다.

엄마였다. 엄마가 또 찾아왔다. 미간과 볼, 눈가에 인위적으로 집어넣은 보톡스가 잔뜩 독이 오른 채로. 채린은 인사도 없이 맞은편 소파 깊숙이 몸을 묻었다. 피곤함이 몰려들었다.

"애, 넌 엄마를 보고 인사도 안 하니?"

"후….."

채린은 대답 대신 깊은 한숨을 내쉬었다.

"그래, 뭐. 많이 피곤하면 그럴 수 있지. 그건 그렇고…. 채린아, 너 이번에 광고 찍는다며?"

"아니."

"얼마 전에 기사 떴던데?"

"계약 파기됐어."

"아니, 왜?"

"왜냐고? 여태 몰랐어? 학교 폭력, 왕따 가해자, 일진, 소년원…. 요즘 내 이름 검색하면 연관 검색어로 다 뜨는데, 엄마가 몰랐다고? 내 꼬리표가 이렇게 늘어났는데 누가 계약하겠어? 나 같은 애랑."

"애! 그러게 너는 조심 좀 하지…."

"하아…."

채린은 이마에 손을 짚었다. 머리가 깨질 듯이 아파 왔다. 채린은 소파에 기대 눈을 감은 채 엄마를 향해 중얼거리듯 물었다.

"왜 또 왔어? 돈 떨어졌어? 그 돈 많은 아저씨가 이혼하고 살림 차리자고 했다며? 왜? 또 도망갔어? 아, 맞다. 내 꼬리표에 꽃뱀 딸, 불륜녀 딸도 있었지. 그걸 깜빡했네."

"애가 또 왜 이래. 바짝 날이 서서는. 그냥 왔어. 딸년 얼굴 좀 보러. 내가 못 올 곳 왔니? 내 딸 내가 보고 싶어서 왔는데, 무슨 문제 있어?"

"보고 싶었어? 내가? 하!"

반사적으로 몸을 세운 채린이 엄마를 한껏 노려보았다.

"엄마, 제발 나 좀 찾아오지 마. 부탁이야. 엄마까지 이렇게 나타나서 내 숨통 좀 조이지 말라고!"

"애, 너 이게 엄마한테 무슨 말버릇이니?"

"엄마? 엄마? 엄마아! 제발 그 엄마 소리 좀 하지 마. 나는 그 엄마가 정말 끔찍해. 내 기사 밑에 달리는 댓글들 본 적 있어? 다들 나더러 죽어 버리래! 생판 알지도 못하고 본 적도 없고, 내가 어떻게 살았는지도 모르는 인간들이 나더러 죽어 버리라고 메시지 보내. 웃기지 않아? 내가 어떻게 살았는데…. 죽었으면 진즉 죽었을걸? 아빠가 죽었을 때! 엄마가 날 버리고 도망쳤을 때! 무서워서 죽을 것 같았을 때! 외로워서 미치겠을 때! 죽을 수 있었으면 그때 죽었다고! 나? 나 안 죽어. 근데 엄마 그거 알아? 난 엄마가 정말 끔찍해! 뒈지라고 나한테 악성 댓글 다는 것들보다 엄마가 더 끔찍하다고! 그러니까 엄마, 차라리 그 사람들처럼 나더러 그냥 죽으라고 해! 나더러 그냥 뒈지라고 하라고! 이렇게 자꾸만 나타나서 보고 싶었다는 둥 그런 같잖은 소리나 하면서 내 피 말리지 좀 말고!"

"어머 어머. 얘가 오늘 정말 왜 이래? 안 되겠다. 다음에 올게. 엄마 간다."

"오긴 뭘 또 와! 제발 오지 말라고! 내가 간신히 다잡은 마음,

엄마 때문에 제대로 독하게 먹기 전에! 정말 죽어 버리기 전에! 다시는! 내 눈앞에 나타나지 마! 제발!"

접견실 밖의 사람들이 기웃거린다는 것을 채린은 모르지 않았지만, 오늘은 더는 참아 낼 수 없었다. 엄마는 붉어진 얼굴로 허둥지둥 접견실을 나갔다.

채린에게 엄마는 늘 참을 수 없는 존재였다. 엄마를 참을 수 없어 방황했다. 술에 취해 흐느적거리는 엄마를 참을 수 없어 냉장고의 술을 꺼내 마셨다. 그 몽롱한 기분이 시시했다. 아무 남자하고나 시시덕거리는 엄마를 참을 수 없어 채린은 누구에게나 웃었다. 채린의 웃음에 목숨이라도 내어 줄 것처럼 덤벼드는 남자애들이 죄다 우스웠다. 돈 돈 돈…. 돈에 환장한 엄마 때문에 채린도 엄마가 쥐여 준 카드를 한도를 초과할 때까지 써 댔다. 찰나의 만족일 뿐이었다. 모든 것이 온통 다 마땅치 않았다. 그 어느 것 하나도 자식을 버릴 만큼의 가치는 없었다. 그런데 엄마는 왜….

'기껏해야 이따위 것.'

채린은 자신이 버려진 이유가 고작 이런 것들 때문이라는 것을 참을 수 없었다. 채린은 이제 와 다시 자신을 찾는 엄마가 싫었다. 그 절절하던 순간에 끝끝내 숨어 버렸던 엄마가 이제 와 도대체 무슨 염치로.

"채린아, 괜찮니?"

매니저 언니가 아니라 엄마가 먼저 이렇게 물었어야 했다.

채린은 씁쓸한 얼굴로, 그러나 반쯤은 기대한 것 또한 없었다는 얼굴로 차에 올라탔다.

"언니, 숙소로 가 주세요."

"왜? 할머니한테 간다고 했잖아."

"할머니 걱정하세요. 할머니 걱정하는 얼굴 보면 저 너무 힘들 것 같아요. 지금 거기 가면 우리 할머니 장사도 못 해요. 손님들 눈치 보느라."

"그래도….”

"걱정하지 말아요, 언니. 나 씩씩해. 그리고 지금은 혼자 생각할 시간이 좀 필요해요. 이해해 줄 거죠? 대표님껜 비밀이에요. 괜히 걱정하셔."

"그래, 알았어."

그렇게 며칠 채린은 숙소에서 죽은 듯이 시간을 보냈다.

며칠이 지났는지도 가물가물한 어느 날 아침, 매니저가 숙소에 들렀다. 매니저는 날마다 채린의 숙소에 다녀갔다. 아무런 일정도 없었지만, 채린이 걱정되어 들른 것이었다.

"채린아, 민 피디님이 너 좀 꼭 봐야겠다고 연락을 주셨는데…. 어쩌지?"

포장된 음식을 건네며 매니저 언니가 물었다.

'민 피디님….'

"아무래도 힘들겠지? 대표님이 알면 한 소리 하실 테니⋯. 그냥 이거나 먹어. 내가 잘 말씀드릴게."

"아뇨, 언니. 가서 뵈어요. 앞으로도 한동안 못 뵐 텐데⋯. 인사는 드려야 할 것 같아요."

민 피디님은 좋은 분이었다. 사실상 오늘의 채린을 있게 해 준 사람이었다. 차 대표가 채린을 발견했다면, 민 피디는 채린을 다듬어 주었다. 원석을 보석처럼 빛나게 다듬어 준 사람. 음악 방송 데뷔 무대를 만들어 준 것도 민 피디였고, 유명 예능 프로그램의 개편 때에 고정 멤버 자리에 채린을 적극적으로 추천해 준 것도 민 피디였다. 그 예능 프로그램이 없었다면, 지금의 채린도 없을 터였다. 민 피디는 얼마 전 자신의 프로그램 메인 MC로 채린을 선택했고, 이제 겨우 첫 방송이 나가고 일이 터져 버렸다. 이대로라면 MC 교체는 불가피한 상황이었다. 소속사에서 적극적으로 대처하겠지만, 채린이 직접 사과를 드리는 게 옳았다.

민 피디는 방송국 로비에서 채린을 기다리고 있었다. 민 피디와 눈이 마주치자 채린은 인사도 제대로 못 하고 눈물이 왈칵 쏟아졌다. 차 대표 앞에서도 아랫입술을 앙다물고 참아 낸 눈물이었다.

"피디님, 죄송합니다."

"야, 인마. 울긴 왜 울어? 앞으로 이 바닥에 있다 보면 별의별 일 다 겪어야 해. 눈물 닦아. 보는 눈이 많아."

"죄송해요, 피디님."

"됐어. 죄송하긴. 나한테 뭐가 죄송해? 그나저나 채린아, 너 나랑 어디 좀 같이 가자."

"네? 어디요?"

"일단 자리 옮기자. 따라 나와."

민 피디는 매니저와 눈빛을 나누었다. 아마 채린을 만나기 전에 이미 얘기가 된 듯했다. 채린은 묵묵히 그들을 따랐다.

"너 인마, 내가 걱정돼서 요즘 잠도 잘 못 자. 그러니 잔말 말고 들어가, 얼른."

민 피디가 꿈빛 상담소 문을 열었다. 채린에게 어서 들어가라고 손짓했다. 채린은 피식 웃음이 나왔다. 그의 걱정이 진심임을 모르지 않았으니까. 무척 고마운 일이었다.

"피디님, 상담 잘 받을 테니까 오늘부터는 잘 주무셔야 해요. 아셨죠?"

"그래, 고맙다. 상담 잘 받고, 요 앞에서 기다릴게. 밥이나 먹자."

채린이 밝게 웃었다. 민 피디는 서우진이 채린의 저 웃음을 지켜 줄 것이라고 확신했다.

망각

나는 지구에 꽤 오랜 시간 머무르고 있는 민 피디에게 연락했다. 나는 지구에 오기 전부터 그의 팬이었으니까. 그를 꼭 만나보고 싶었다. 그는 지구 다큐멘터리의 일인자였다. 어쩌면 내가 지구 여행을 결심하게 된 것 또한 모두 그의 영향 때문이었는지 모른다. 나는 그가 지구에 머무르며 우리의 메인 서버에 올리는 모든 정보를 확인했다. 특히 그가 제작한 지구 다큐멘터리는 한 편도 놓치지 않고 본 터였다. 물론 수십 번을 반복 재생하여 본 것도 있다. 볼 때마다 새롭고 흥미로웠다. 그만큼 그의 편집 능력은 탁월했다. 화려한 영상으로 자신이 그리고자 하는 것들을 멋들어지게 표현했다. 우리의 메인 서버에 '지구'를 입력하면, 여전히 민 피디의 〈지구, 작은 나라의 질주 K-POP〉은 조회 수 1위를 놓치지 않고 있었다. 대단한 일이다.

나는 며칠 전 그와 만나 이런저런 이야기를 나누었다. 나는 우리 별의 소식을 전해 주었고, 그는 지구의 매력을 내게 얘기했다. 위태롭지만 반드시 지켜 내고 싶은 별이라고, 그는 지구를 향한 사랑을 표현했다.

"다시 태어난다면 지구인으로 태어나고 싶어요."

그의 말은 진심이었다.

나는 내가 본 그의 다큐멘터리 이야기를 꺼냈다. 그리고 그 속에 등장하는 한 소녀에 관해 물었고, 그녀를 만나게 해 달라고 부탁했다. 민 피디는 내 부탁을 흔쾌히 들어주었다. 내 부탁 전에 그는 이미 나에게 그녀를 소개해 줄 참이었다고 했다. 그에게도 그녀는 지켜 주고 싶은 지구인인 것이 분명했다.

민 피디와 약속된 시각에 채린이 상담소를 방문했다. 그녀는 다행히 민 피디에게 많이 의지하고 있었고, 나에 대한 경계심이 높지 않아 보였다. 나는 자연스럽게 그녀에게 말을 붙였다.

"요즘 많이 힘들지요?"

"네…. 뭐, 조금."

"피디님이 많이 걱정하시더라고요. 사건을 수습하는 것도 중요하지만, 채린 양이 마음을 편안하게 갖는 게 더 중요해요."

"네…. 근데, 사실 다들 걱정하시는 것보다 저 괜찮아요."

채린은 양팔을 벌려 어깨를 으쓱하며 살포시 웃음을 지었다. 그 모습을 보니 그녀가 보기보다 단단한 것 같아 마음이 놓였다.

나는 채린을 편안한 의자로 안내했다. 잔잔한 음악과 아로마 향이 그녀를 감쌌다. 오늘도 상담실의 조명은 그녀를 은은하게 감쌌다.

"그럼 우리 편안하게 얘기 나눠요. 혼잣말하듯 편안하게."

"네, 편안해요. 이러다 잠들 정도로요."

"훗. 잠드셔도 괜찮습니다. 상담 치료가 처음이 아닌 모양이네요?"

"네. 회사에서 관리 차원으로 받아 봤어요."

"아…. 제가 그쪽으로 영업을 할 걸 그랬네요. 수입이 꽤 짭짤했을 텐데…."

"풉."

채린의 뇌파는 안정적이었고, 내가 그녀의 의식으로 접근하여 그녀의 기억을 더듬는 길에 아무런 장애물이 없었다. 나는 편안하게 이야기를 이끌며 그녀의 기억을 살폈다.

"지금 어떤 감정이 가장 먼저 떠오르나요? 불안, 미움, 원망, 좌절…. 여러 가지 감정 중에."

"글쎄요…. 별다른 감정은 없어요. 다만 선생님께 치료받고 싶은 감정은 미움, 원망, 뭐 그런 것 같은데요?"

채린은 상담에 적극적이었다. 스스로 감당할 수 없는 감정을 이미 타인과 나누고 싶어 하는 절절함이 있었다. 나는 그 모습에 안도하면서도 한편으로는 더 그녀가 안타까웠다.

"그 감정의 대상은 누구죠?"

"엄마? 폭로자? 그냥, 대중들? 글쎄요…. 잘 모르겠네요."

"그럼 우선 엄마 이야기부터 나눠 볼까요?"

채린은 천천히 엄마에 대한 자신의 감정을 쏟아 냈다.

"엄마는 저를 성가시게 생각했어요. 몇 차례 재혼할 기회가 있었는데, 모두 놓쳐 버렸거든요. 엄마는 일이 틀어질 때마다 짜증을 냈어요. 술을 먹으면 '내가 저년을 뭐 하러 낳아서'라고…. 제가 듣고 있든 말든 그런 말을 막 내뱉었죠. 엄마가 그럴 때마다 난 왜 엄마가 날 애초에 데리고 나왔는지 궁금했어요. 왜 날 할머니랑 같이 버리지 않았을까요? 할머니랑 나를 같이 버리고 홀가분하게 도망쳤다면 서로 더 편했을 텐데…. 적어도 엄마에게 성가신 존재라는 걸 내가 매일 자각할 필요는 없었을 텐데…. 모성애, 뭐 그런 것 때문이었을까요? 그런데 이상하죠? 전 한 번도 엄마에게서 가슴에서 우러나는 모성애를 느껴 본 적이 없거든요. 엄마는 자신이 가지지 못한 모성애에 그저 집착할 뿐이었어요. 버리고 싶지 않아서 안 버린 것이 아니라, 버리면 안 된다는 집착 같은 거요. 자신은 자식을 버릴 사람이 아니라는 걸 방패 삼고 싶었겠죠. 그러니까 차마 버릴 수 없었던 모성애의 애틋함이 아닌, 어쩔 수 없이 데리고 있어야 했던…. 그런데 그렇게 억지로 하는 엄마 노릇이 오래가지 못한 거죠. 결국 버릴 거였으면서…. 엄마는 끝끝내 법정에 안 나타났어요. 이미 알고 계시죠? 제가 소년 법정까지 갔었던 비행 청소년이라는 건?"

스스럼없이 자신의 이야기를 털어놓는 채린을 향해 나는 가볍게 고개를 끄덕였다.

"혹시 어머니께 연락이 닿지 않았던 것은 아닐까요?"

"후후. 아뇨. 위탁 보호 시설에 맡겨진 저는 불안했어요. 정말로 엄마가 나타나지 않을까 봐. 보호자가 나타나지 않으면 소년원 수감이 불가피하다고 했죠. 겨우 열다섯 살 난 여중생이 감옥을 상상했을 때 얼마나 무서웠겠어요? 그래서 몇 번을 확인했어요. 확인하고 또 하고…. 분명 엄마에게 여러 번 연락했다고 했어요. 제 심사 담당자분은 되레 저더러 너무 걱정하지 말라고 저를 안심시켰죠. 하지만 엄마는 끝내 나타나지 않았어요. 처음엔 기다렸어요. 당연히 올 거라고 생각했으니까요. 하지만 점점 엄마를 믿을 수 없게 되었어요. 어쩌면 내가 이미 완벽하게 버려졌다는 것을 그때 확인한 셈이죠. 엄마는 차라리 나를 소년원에 1-2년 가둬 두는 것이 엄마가 편하게 사는 길이라고 생각했을 거예요. 정말로 잔인하게 나를 버린 거죠. 엄마는 집을 나간 후 그래도 꼬박꼬박 돈을 보내 왔어요. 하지만 언젠가부터는 그 돈도 끊겼거든요. 난 이미 그때 버려졌던 건데…. 내가 미처 깨닫지 못했던 거예요. 난 그때 되레 엄마에게 미안했는데…. 내가 생각 없이 돈을 너무 많이 쓴 것 같아서. 풉. 정말 웃기죠. 제가 실낱같은 희망을 품고 법정에 들어섰을 때, 역시 엄마는 없었어요.

차라리 다행이라고 생각했어요."

"왜죠?"

"그때 엄마가 있었다면…. 내가 또 엄마에게 희망을 품었을 테니까요. 그래도 엄마라고 또 어떻게든 살 비비며 같이 살아 보겠다고 했을 테니까. 법정에서 엄마에 대한 기대를 다 버린 건 정말 다행이라고 생각해요. 뭐, 그런 엄마가 이제 다시 나타났지만요."

채린은 차를 한 모금 마셨다. 그녀의 표정이 복잡하게 읽혔다. 그녀는 다시금 옅게 미소 띤 얼굴로 말을 이었다.

"엄마가 이제 와 나타났는데… 글쎄요. 그래서 짜증 나고 화가 나지만 생각만큼 괴롭진 않아요. 이제 정말 엄마에게로 향한 기대는 다 사라진 모양이네요. 그저 엄마가 필요하다는 돈이나 좀 챙겨 주면 그뿐이니까. 날 낳아 준 값으로요. 그렇게 생각하니 귀찮은 것 빼고는 미운 감정도 안 들어요. 하긴, 이제 내게서 빼낼 돈이 없다는 걸 알면 엄만 또 사라져 줄 테고…. 귀찮은 일도 더는 없겠네요. 풉."

채린은 자꾸만 웃었다. 아픈 이야기를 하면서 습관처럼. 채린이 별일 아니라는 듯 흘러내린 머리를 뒤로 젖히며 웃었다. 그렇게 웃을 때마다 그녀의 눈동자는 아프게 흔들렸다.

채린은 여전히 엄마를 그리워하고 있었다. 바라보고 있는 내 마음이 너무 아플 정도로. 가장 가까이에 있어야 하는 사람을 가장 멀리 두고 아프게 그리워하고 있었다.

"엄마 대신 할머니가 있었어요, 법정에. 생각지도 못한 일이었죠. 그런데 그 생각지도 못한 일이 날 다시 살게 해 줬어요. 내가 버렸던 할머니가…. 할머니는 모두가 다 당신의 죄라고 하셨죠. 저를 대신해서 판사님께 무릎을 꿇고 빌었어요. 대신 벌을 받겠다고, 그렇게 할머니가 흐느꼈어요. 엄마가 날 버렸듯, 내가 잔인하게 버린 할머니가…."

채린은 한참 동안 말을 잇지 못했다. 그녀는 울음을 참고 있었다. 나는 차분히 그녀의 감정이 누그러질 때까지 기다렸다.

"할머니께 다행히 연락이 닿은 모양이네요. 채린 양이 연락을 취한 건가요?"

"아니요. 저는 전혀 기억할 수가 없었어요. 할머니에게 연락할 수 있다는 생각조차도 하질 못했어요. 설령 할머니를 떠올렸다 하더라도 방법이 없었을 거예요. 전 할머니 이름도, 할머니와 살던 동네도…. 모든 걸 다 까맣게 잊고 있었거든요. 할머니가 그곳에 나타나기 전까지는 아무것도 기억이 나지 않았어요. 기가 막히죠. 그렇게 버리고 또 잊고 살았던 할머니가 나를 살리겠다고 나타났으니…."

채린은 천천히 할머니와의 기억을 더듬고 있었다. 나도 천천히 그녀의 의식을 따라 그 기억을 함께 들여다보았다. 분명히 남아 있는 기억을 채린은 잊어버렸다. 기억의 망각, 자기방어다. 까

맑게 잊어버린 채로 살아야 살 수 있었던 상처. 나는 채린과 함께 그녀의 잊어버린 기억을 더듬었다.

사고라고 했다. 아침에도 분명 웃으며 시장에 나간 아빠가 교통사고 현장에서 즉사했다. 채린이 병원에 도착했을 때, 이미 아빠의 몸은 흰 천으로 덮여 있었다. 어린 채린은 그 천 안에 아빠가 있다는 것을 믿을 수 없었다.

'아빠가 숨바꼭질 놀이라도 하려는 걸까?'

채린이 천천히 아빠를 덮은 흰 천의 끄트머리를 집어 올렸다. 피 묻은 셔츠는 아빠의 것이 분명했다. 채린의 시선이 그 셔츠를 더듬어 올라갈 때, 누군가가 채린의 눈을 가렸다. 채린도 그 손을 뿌리치지 않았다. 그냥 그 손바닥 밑에서 눈을 감아 버렸다. 두려웠으니까. 죽음을 경험해 본 적 없는 어린 나이였다. 아무것도 실감이 나질 않았고, 그저 모든 것이 두려웠다.

장례식장에서 가장 무서웠던 것은 자꾸만 까무러치는 할머니였다. 할머니는 울다가 까무러치기를 반복했다. 눈을 하얗게 뒤집어 까고 부르르 떨며 까무러치기도 했고, 마른 잎처럼 픽 쓰러지기도 했다. 그렇게 정신을 잃었던 할머니는 깨어나서도 주삿바늘을 꽂은 채 쫓아 나와 울고 또 울었다.

아빠를 봉안당에 모시고 돌아온 집은 우울했다. 한 달 내내 가게 문을 열지 않았다. 채린은 채소를 사러 시장에 갈 사람이 없기 때문이라고 생각했다. 진한 멸치 육수가 펄펄 끓던 솥은 그

을음만 묻은 채 차갑게 식어 있었다.

엄마가 짐을 쌌다. 엄마는 아빠가 살아 있을 때도 할머니를 버리고 싶어 했다. 따로 나가서 살겠다고 아빠와 자주 울고불고 싸웠다. 그때처럼 할머니는 보지도 듣지도 못하는 사람인 양 잠자코 있었다. 짐을 싸는 엄마를 물끄러미 바라보던 할머니의 모습이 생생하다. 그 주름진 얼굴의 눈빛까지…. 채린은 한 손에는 짐 가방을 끌고, 다른 한 손으로 자신을 잡아끄는 엄마의 손을 뿌리치지 못했다. 그렇게 채린도 할머니를 버렸다.

망각.

지구인들은 자신이 감당할 수 없는 기억을 지워 버린다. 기억이라는 것이 불쑥불쑥 예고 없이 찾아들어 자꾸만 쿡쿡 쑤셔 대며 상처를 남기기 때문이다. 그 잔인한 기억으로 인해 자신이 더 다치는 것을 보고 싶지 않기 때문에 그 기억을 차라리 모두 지워 버리는 것이다. 까맣게 지워 버려야 살 수 있는 것, 지구인에게 기억이란 종종 그런 것이다.

채린의 기억 또한 그런 것이었다. 똑똑한 아이 채린이 여섯 살 때의 기억을 왜 다 지워 버렸을까? 할머니의 이름과 살던 동네까지 모조리 다 지울 수밖에 없었던 것은 할머니를 버린 기억이 어린 채린에게 감당할 수 없는 것이었기 때문이다. 감당할 수 없어 외면해 버린… 그러니 다분히 의도적인 기억의 상실이다. 하지만 채린은 할머니를 버리지 않았다. 아무것도 할 수 없었던 여섯 살 꼬마는 그저 할머니를 지킬 수 없었던 것뿐이었다. 나는 채린이 할머니를 지키려 했던 기억을 더듬어 찾아냈다.

"엄마! 할머니한테 가자! 할머니 죽으면 어떻게 해?"

채린의 엄마는 못 들은 척 좁은 방을 쓸고 닦았다. 손바닥만 한 방을 자꾸만 쓸고 닦았다. 화가 난 채린은 문을 쾅 닫고 집을 나섰다. 엄마랑 할머니랑 모두 같이 살 수 없는 거라면, 차라리 자신은 할머니랑 살아야겠다고 생각했다. 엄마보다는 할머니에게 자신이 필요할 것 같았다. 평생 가족을 지켜 줄 것 같았던, 커다란 호랑이 같았던 아빠가 세상을 떠났다. 다시는 아빠를 볼 수 없다고 했다. 아빠가 있었다면 할머니가 버려지는 일은 없었을 터였다. 죽어 버린 아빠가 야속했고, 할머니를 버린 엄마가 미웠다. 그리고 할머니를 지키지 못한 자신이 답답했다.

무척 더운 날이었다. 짤막한 두 다리로 채린은 걷고 또 걸었다. 어떻게든 할머니에게 돌아갈 참이었다. 채린은 버스 정류장에 앉아 버스를 기다렸다. 가슴이 콩닥콩닥 뛰었다. 커다란 버스 몇 대가 지나갔다. 채린은 눈앞에 선 버스의 커다란 바퀴를 바라보았다.

'저 커다란 바퀴는 어디까지 굴러가는 걸까?'

한번 떼굴떼굴 굴러간 버스는 되돌아오지 않을 것 같았다. 자신을 어디로 데려갈지도 모를 일이었다. 채린은 그 커다란 버스가 무서웠다. 그래서 버스를 탈 수 없었다. 그저 그렇게 자신의 앞에서 멈췄다가 또다시 돌아가는 커다란 버스 바퀴의 숫자를 세고 또 세었을 뿐이었다. 어스름이 깔릴 무렵 엄마가 자신을 찾았을 때, 채린은 또다시 엄마가 잡아끄는 그 손을 뿌리치지 않았다. 그렇게 기억 속에서 할머니를 지워 버렸다.

그날의 기억을 떠올린 채린의 눈이 촉촉이 젖어 들었다.

'됐어. 할머니를 다시 만났어. 그거면 된 거야.'

나는 채린이 할머니를 버렸다는 생각에 두텁게 입고 있던 죄책감을 한 겹 벗어던지는 것을 지켜보았다.

"흠, 그럼 그 행동도…. 그러니까 절도 행위, 그것도 엄마 때문이었던 건가요? 엄마가 너무 미워서? 엄마가 보내 주던 생활비도 바닥이 나고, 반항심도 있었겠네요."

"네…. 제가 참 어리석었죠."

"함께 어울렸던 친구들과의 관계는요? 지금 그 친구들과 연락은 하나요?"

"친구…. 전 친구가 없었어요. 여태껏 단 한 명도."

"흠, 채린 양은 인기가 무척 많았을 텐데…. 친구가 없었다고요?"

"인기라…. 네, 인기는 많았죠. 겉으로 친한 척하는 애들, 예쁘다고 말해 주는 애들, 전화번호를 물어보는 애들…. 그런 애들은 많았어요. 하지만 그런 애들이 다 친구는 아니잖아요. 그냥, 다들 절 이용했어요. 내가 이용당하고 있다는 것을 모르진 않았어요. 그런데 뭐 어쩌겠어요. 그렇게라도 쓸모가 있으면 다행이라고 생각했으니까요."

채린의 입가가 삐죽 뒤틀렸다. 아라도 같은 얘기를 했었다. 채린에게 이용당했다고. 지구의 소녀들은 자신의 진심을 알아주지 않으면 그 상대에게 이용당했다고 생각하는 모양이었다.

"그럼, 그 잘못된 행동도 이용당한 건가요?"

"도둑질이요? 아뇨, 그건 제가 시작한 일이었어요. 저는 그 일은 누구도 원망할 생각이 없어요. 결과적으로 그날, 도둑질한 물건이 내 손에 있었으니까. 진심이에요. 다만 조금 억울하기는 해요. 다들 저만 온전히 주동자로 몰았다는 게…. 하지만 어쩌겠어요? 모두가 다 저를 지목하는데 별수 없잖아요. 안 그래요? 함께 도둑질했던 아이들보다 제가 더 크게 처벌받았어요. 저는 그걸로 죗값을 다 치렀다고 생각했어요. 왜 나만 벌을 더 받아야 했는지, 왜 누구는 벌을 덜 받았는지…. 나는 그딴 거 따지고 싶지 않았는데, 나는 누구도 원망할 생각이 없는데…. 왜 누군가는 나를 자꾸 원망하는 걸까요? 왜 다 지난 일로 이렇게 저를 또다시 괴롭히는 걸까요? 아, 오해하진 마세요. 제가 막 자살이라도 할까 봐 걱정들 하는데 전 그렇게까지 아주 괴롭진 않거든요. 워낙 괴로운 일을 많이 겪어 봐서. 어쨌든 그 일은 다른 누구의 탓도 아니에요. 제 탓이 맞아요. 엄마를 괴롭히고 싶어서 시작한 일이었으니까요."

어느 날, 채린이 학교에서 돌아왔을 때, 식탁 위에는 카드가 한 장 놓여 있었다.

비밀번호는 네 생일이야.

엄마가 남긴 것은 체크 카드뿐이었다. 한 일주일 여행을 갔으리라 짐작했다. 흔한 일이었다. 엄마는 남자가 생길 때마다 자주 집을 비웠다. 채린은 대수롭지 않게 생각했다. 그래서 처음 몇 번 걸려 온 엄마의 전화를 무시했다. 하지만 한 달이 지나도 엄마는 돌아오지 않았다. 두 달이 지날 때쯤, 비로소 채린은 자신이 엄마에게 버림받았음을 알았다.

일주일마다 적지 않은 돈이 꼬박꼬박 통장에 찍혔다. 통장의 입금 내역만이 엄마가 살아 있다는 증거였다. 채린은 돈만 있으면 혼자 지내는 것도 나쁘지 않다고 생각했다. 밖으로만 돌던 엄마가 없으니 오히려 집안 살림은 수월해진 것 같았다. 빨래도 청소도 음식 장만도 자신의 몫만 하면 되니 성가신 것이 없었다.

채린은 엄마가 살아 있다는 것은 통장의 입금 내역으로 확인이 되는데, 자신이 살아 있다는 것은 무엇으로 증명할 수 있을까 궁금했다. 당장 오늘 자신이 사라져도 아무도 알 수 없을 거라는 생각이 들자, 조금 무섭기도 했다. 하지만 그 무서운 상상을 하는 놀이, 아무도 모르게 죽어 버리고 싶다는 상상을 하는 것을 채린은 쉽게 그만두지 못했다. 언젠가는 이 상상이 모두 현실이 될 것 같아 두려웠다. 채린의 도둑질은 딱 그 때문이었다. 외로움 끝에 머물게 되는 무서운 상상 대신 외로움을 잊게 하는 짜릿함, 그 짜릿함 때문이었다. 생활비가 부족해서도 아니었다. 엄마가 보내 주던 돈이 끊겼지만, 채린에겐 모아 둔 돈도 있었고 그동안 사들인 명품 신발이나 옷을 중고로 팔면 몇 달은 더 버틸 수 있었으니까.

그날 현지의 절도를 목격하지 않았다면 달라졌을까?

채린은 아라와 함께 틴트를 고르고 있었다. 별다른 할 일이 없는 날, 이 가게 저 가게를 기웃거리며 아이쇼핑을 하는 것은 그녀 또래들에게는 흔한 일이었다. 매대를 사이에 두고 건너편에 현지가 있었다. 그냥 얼굴만 아는 정도라 굳이 인사는 하지 않았다. 그런데 생각지도 못했던 일이 일어났다. 현지가 구경하는 척하던 틴트를 아무렇지 않게 제 주머니에 집어넣은 것이다. 그러고는 계산하지 않고 유유히 매장을 빠져나갔다. 아라가 함께 있지 않았다면, 제 두 눈으로 확인한 현장을 채린은 믿지 못했을 것이다. 놀란 채린과 아라는 눈을 마주쳤다. 짧은 눈 마주침만으로도 둘은 현지의 절도 현장을 공유했다는 것을 알았다. 서로의 심장 떨림이 고스란히 느껴졌으니까. 현지의 뒤를 채린이 뒤쫓았다. 아라가 모른 척하자고 했지만, 채린은 확인해 보고 싶었다.

"야! 이현지, 너 뭐냐?"

"뭐? 뭘?"

"다 봤거든. 네 주머니."

"아, 이거?"

현지는 당황하지 않았다. 대수롭지 않다는 투였다. 되레 그 당당한 모습에 당황한 것은 채린과 아라였다. 채린은 현지의 손바닥 위에 올려진 틴트를 보고 가슴이 쫄깃쫄깃해졌다. 한참을 놀란 듯 아무 말도 못 하던 채린이 느닷없이 웃음을 터트렸다.

"푸하하하하! 대박! 진짜 훔친 거였어? 푸하하하하하!"

채린은 미친 듯이 웃었다. 가슴을 짓누르던 돌덩이 하나가 쑥 빠져나간 기분이었다. 재미있을 것 같았다. 모든 것이 다 시시해져 버린 세상에서 도둑질만큼은 뭔가 새로운 시도였으니까.

그날 이후로 채린은 현지와 어울렸다. 그 가슴 찌릿한 도둑질에 함께 어울리기 위해서였다. 하지만 우르르 몰려다니며 하는 도둑질이 오래 지속될 리가 없었다. 곧 덜미가 잡혔고, 채린이 주동자로 몰렸다.

"그렇다면 그 일, 채린 양이 주동자는 아니었군요?"

"선생님도 폭로 글 보셨죠? 저를 죽일 듯이 몰아붙이는 댓글들도 혹시 다 보셨나요? 댓글 속의 저는 대단한 사람이더라고요. 절도를 치밀하게 계획하고, 거들고 싶지 않다는 친구들을 협박해 적재적소에 배치하고, 또 그 친구들을 단물 쪽쪽 빨아먹고 버리는 아주 파렴치한 도둑년. 그게 저잖아요. 읽을수록 재미있더라고요. 사람들의 상상력도. 또 그 이야기에 공감하는 몇백 개의 댓글을 종일 읽다 보면 뭐랄까, 제가 정말 그런 대단한 도둑이된 듯한 기분이 들어 우쭐해지기까지 하던걸요. 후후. 아, 맞다. 중간중간 저는 임신과 출산의 과거도 있더라고요. 이 정도면 범죄 로맨스 영화에 나오는 주인공이잖아요. 안 그래요?

참, 근데 뭘 물어보셨더라? 아, 맞다. 주동자. 제가 정말로 주동자였느냐고요? 제가 그렇게 막 영화 속 주인공 같은 삶을 살았다면 너무 즐거워서 죽고 싶다는 생각은 안 했을 텐데…. 그게 좀 억울하네요. 선생님, 전 그런데 그게 중요하다고 생각하지 않았어요. 주동자인지 아닌지는…. 그래서 그냥 법정에서 인정해 버린 거예요. 죗값이 늘어나고 줄어들고의 문제가 아니라, 상황이 심각해져야 엄마가 더 빨리 나타날 거라고 생각했으니까요. 아니, 어쩌면 내가 어디까지 견딜 수 있는지 실험해 보고 싶었는지도 몰라요. 게다가 함께 도둑질했던 아이들이 죄다 저를 지목했어요. 제가 주동자라고요. 그러니 어쩌겠어요? 누가 내 말을 믿어 주겠냐고요. 그냥 뒤집어쓰는 게 속 편하죠. 그런 마음이었어요. 어차피 도둑질한 건 사실이고, 더하고 덜하고가 뭔 차이인가 싶었던 거죠.

사실 제가 그 아이들을 원망해야 할 것 같지 않으세요? 맞아요, 원망해야 한다면 그건 제 몫이어야 옳아요. 하지만 전 그냥 자포자기한 상태에서 끝까지 의리를 지키고 싶었어요. 죄다 나를 이용한 비겁한 년들이었지만, 전 지금도 제게 독박을 씌운 그 애들을 원망하지 않아요. 다 지난 일이니까. 그런데 왜 누군가는 여전히 나를 이렇게 괴롭히는 걸까요? 얼굴도 모르고 이름도 모르는 이들이…. 제 얼굴을 당당히 드러내지도 않고 저를 괴롭혀요."

"많이 힘들었겠네요. 그 괴로움을 억지로 덮으려고 하지는 말아요. 어떤 감정이든 자신의 감정은 그대로 놔두는 것이 가장 자연스럽게 해결돼요. 억지로 뭔가를 시도하다 보면 자꾸만 다른 감정들이 끼어들게 되거든요."

"네, 솔직히 괴로워요. 왜 이렇게 나를 끝까지 괴롭힐까요? 없는 일까지 만들어 내면서…. 지금의 행복한 나를 시기하는 걸까요? 선생님은 잘 아시지 않나요? 인간의 심리에 대해서요. 왜 그들이 저를 괴롭히는 건가요? 정말 단순한 질투심인가요? 질투심으로 이렇게 사람을 바닥 끝으로 몰아도 되는 건가요?"

"채린 양, 그동안 행복했나요? 그들이 질투심을 느낄 만큼?"

"네, 행복했어요. 하루 두세 시간밖에 잠을 잘 수 없는 강행군이지만, 팬들은 나를 지켜봐 주고 기다려 줘요. 내가 살아 있다는 게 느껴져요. 살아도 죽어 있던 그때와는 너무 달라서 전 정말 행복했어요. 돈을 버는 것도 좋았죠. 엄마가 끔찍이 사랑하던 돈. 돈 많이 벌어서 우리 할머니한테 건물도 하나 사 드리려고 했어요. 그런 꿈을 꾸고 사니까 하나도 힘들지 않고, 정말 행복했어요. 그런데 사람들이 참 웃겨요. 내가 죽어 지내던 그때엔 날 단 한 번도 위로해 준 적 없었던 이들이 이제 와 저더러 왜 너 혼자만 행복하냐며 화살을 쏘고 있는 것 같아요. 그들이 모든 것을 가졌을 때 나는 아무것도 갖지 못했었는데…. 그렇지만 나는 그들의 것을 빼앗고 싶지 않았는데…. 나는 행복하면 안 되는 건가요? 내 과거, 내 상처, 내 아픔을 딛고, 난 정말 힘들게 애를 써서 이 자리에 있는 건데…. 난 그들의 행운을 빼앗은 적이 없는데, 마치 자신들이 누려야 하는 것을 내가 빼앗아 간 것처럼 비아냥거리는 사람들이 무서워요. 아무것도 모르는 사람들이 아무렇지 않게 내뱉는 한마디가 가장 아파요. 너 따위가 감히 왜 그 자리에 있느냐고, 어서 내려오라고 잡아당기는 사람들…. 소름 끼치게 무서워요."

아무리 상처에 대해 굳은살이 박였다고 해도, 상처는 상처일 터였다. 채린은 괜찮다고 했지만, 곪아 가는 상처는 매우 아파 보였다. 나는 채린에게 그 상처를 나누고 싶었던 이가 있었다는 걸 상기해 주고 싶었다. 나는 조심스레 그녀에게 아라에 관해 물었다.

"폭로 글을 보면 채린 양과 절친이었다는 친구가 있던데, 그 친구와는 어땠나요?"

"아, B양…. 그 아이는 아라예요. 채아라. 아라는…."

채린에게 아라는 그저 늘 곁에 있는 아이였다. 고집이 세지도 않았고, 잘 삐치는 아이도 아니었다. 그냥 채린의 곁에 머물며 함께 붙어 다니던 친구였다. 물론 채린에게 알랑방귀를 뀌며 곁에 있고 싶어 하던 다른 아이들과도 달랐다. 채린은 그냥 아라가 좋았다. 물론 가끔 아라의 답답한 면 때문에 속이 터져 버릴 것 같기도 했지만, 그럴 땐 그냥 자신이 아라를 좀 더 챙겨 주면 된다고 생각했다. 아라는 좀처럼 속말을 터놓지 않았다. 그래서인지 가끔 아라에게서 어두운 표정이 읽히면 안절부절못했던 것은 채린이었다. 어쩐지 아라의 그 어두운 면을 무시할 수 없었기 때문이었다. 채린이 늘 밝은 얼굴 뒤에 숨겨 두었던 자신의 어두운 얼굴을 아라에게서 읽어 냈으니까.

그날도 아라의 얼굴은 종일 어두웠다. 채린이 아라의 기분을 맞춰 주기 위해 매운 떡볶이를 사 주기도 하고, 다른 친구의 흉을 보며 분위기를 바꿔 보려고 부단히도 애를 쓰던 날이었다.

"아라야, 현지가 도윤이한테 고백했다가 까인 얘기 들었어? 처절하게 까였대. 큭큭."

"그래? 못 들었는데?"

"도윤이 작년에 나랑 몇 달 사귀었는데…. 너도 알지? 내가 얼마나 만났더라? 두세 달? 아무튼, 현지한테는 도윤이가 아깝지. 걔 공부도 잘하고 키도 크고 멋지잖아, 안 그래?"

"응, 그렇지."

아라의 대답은 건성이었다. 채린이 아무리 종알거려도 그냥 듣는 척만 하던 아라가 저녁 무렵 조심스럽게 물었다.

"채린아, 넌 아빠 얼굴 기억나?"

"응. 기억나지. 매일 사진도 보니까. 우리 아빠 보여 줄까?"

채린이 핸드폰에 저장한 아빠 사진을 보여 주려고 하자, 아라는 괜찮다고 했다. 네 아빠 얼굴을 보고 나면, 자신의 아빠 모습을 또 상상하게 될 것 같다고. 매일매일 다르게 생긴 아빠를 상상하는 건 참 우스운 일이라고. 그리고 아마 자신이 여태껏 상상해 온 수백 명의 아빠와 진짜 아빠는 또 다른 모습일 거라고. 그 말을 하는 아라가 너무 슬퍼 보였다. 아라가 덤덤하게 이야기하는데 느닷없이 울음을 터트린 것은 채린이었다.

"흑흑."

갑자기 채린의 눈에서 눈물이 쉴 새 없이 쏟아졌다.

"야. 너 왜 울어? 박채린, 네가 왜 울어? 나 때문에 아빠 생각 났어? 내가 괜히 아빠 얘길 꺼냈다. 어쩜 좋아, 미안해. 그만 울어. 미안해, 채린아."

그날 채린은 자신이 왜 그렇게 울었는지 알 수 없었다. 정말 아빠 생각이 났기 때문일까? 아라가 너무 불쌍해 보였기 때문일까? 어쩌면 아라가 자신과 너무 닮았기 때문이었는지도 모른다. 종일 어두운 얼굴이었던 아라 대신 자신이 울어 주고 싶었던 것일지도. 맞다. 채린에게 아라는 대신 울어 주고 싶은 아이였다.

대신 욕해 주고, 대신 싸워 주고, 대신 화내 주고 싶었던 친구, 아라.

채린이 그 사건에 아라를 끌어들이려던 것은 아니었다. 그냥 어쩌다 보니 그 자리에 아라가 있었다.

"야! 범생이, 넌 낄끼빠빠도 모르냐? 꺼져!"

현지였다. 아라는 어쩌면 좋겠냐는 표정으로 채린을 바라보았다. 채린은 네가 알아서 하라는 듯 어깨를 으쓱했다.

"저긴 알바녀이 맨날 핸드폰만 해. 걱정하지 마. 내가 이미 두어 번 튼 곳이니까 안심해도 돼."

현지가 보란 듯이 앞장섰다. 아라도 따라왔다. 채린은 심장이 쫄깃쫄깃 쪼그라드는 절도의 순간을 즐겼다. 자신이 살아 있음을 느끼는 순간.

"채린아, 아무래도 안 되겠어. 그냥 가자."

그런데 아라가 그 순간을 방해했다. 성가셨다. 채린은 아라의 말을 무시한 채 계획대로 물건을 훔쳤다. 그리고 경찰서와 법정에서 뼈아픈 경험을 해야 했고, 결국 지금도 '도둑녀'의 꼬리표를 떼어 내지 못하고 있었다.

'그때 아라의 말을 들었더라면…'

나는 채린이 그동안 잊고 지낸 아라와의 기억을 찾길 바랐다. 그래서 그녀의 기억을 좀 더 더듬었다.

"야, 너랑 아라는 도대체 무슨 사이냐? 둘이 참 징글징글하게도 붙어 다니던데…. 넌 아라랑 안 어울려. 네가 종일 아라랑 붙어 다닌다고 범생이 될 것 같냐?"

아파트 놀이터에서 학원에 간 아라를 기다리고 있을 때였다. 현지가 아라에 대해 물었다. 아라와의 관계는 현지에게 쉽게 설명할 수 없는 것이었다.

"풉. 내가 범생이 되려고 아라랑 붙어 다니는 것 같냐? 그럴 거면 내가 너랑은 왜 어울리겠냐? 범생이 되는 데 요만큼도 보탬이 안 되는 너랑. 큭."

"그럼? 그 범생이하고는 왜 어울리는 건데?"

"그냥, 뭐랄까…. 아라랑 있으면 좋으니까. 마음이 편해. 그리고 무엇보다 우린 떼려야 뗄 수 없는 관계지. 바늘과 실, 칼과 도마, 연필과 지우개…. 뭐 그런?"

"지랄을 한다. 지랄을. 그냥 스폰지밥과 뚱이라고 해라."

"뭐? 푸하하하하하. 맞네, 맞아. 스폰지밥과 뚱이, 고상하게는 앤과 다이애나 정도?"

"미친. 야, 저기 너의 스폰지밥인지 뚱인지 오신다. 풉. 재미있게 놀아라. 난 간다."

그날 놀이터에서도 아라는 내내 채린을 걱정했다. 현지와 어울리지 말라고, 도둑질 그만두라고. 그 아이만은 늘 채린의 편이었다. 채린에겐 단 한 명뿐인 친구였다.

'내가 왜 그 아이를 잃은 걸까?'

나는 채린의 의식에 접속해 아라와의 기억을 또 한 번 자극했다. 도둑질의 현장에서 아라를 성가신 눈빛으로 바라보는 채린과 그런 채린을 바라보는 아라의 표정, 현지가 뱉은 껌을 머리에 붙인 채 어쩔 줄 몰라 하던 아라의 얼굴을 상기했다.

'아⋯. 그래, 맞아⋯.'

채린은 그날 도둑질이 걸렸을지도 모른다는 생각에 미처 아라를 챙기지 못했다. 머리에 껌이 엉겨 붙은 채로 당황했을 아라를 그 자리에 그냥 놔두었다. 아라에게 되돌아가 봐야 한다는 것을 까먹었다.

다음 날 예쁘게 기르던 머리를 싹둑 자르고 나타난 아라에게도 미안함에 아무 말도 할 수 없었다. 그때 미안하다고 사과라도 할 것을⋯. 아라를 내팽개친 것은 채린 자신이었다. 그리고 채린이 그런 아라에게 마지막으로 뱉은 말은⋯.

"비겁한 년."

분명 채린이 뱉은 말이었다. 누구도 원망한 적 없다던 채린은 아라를 원망하고 있었다. 아라가 변호사와 함께 엄마의 손을 잡고 법정을 나설 때, 채린을 안타까운 눈으로 바라보는 아라에게 채린은 기어이 그 말을 남겼다. 가장 비겁했던 자신에게 하고 싶은 말을 괜스레 아라에게 뱉어 버리고 말았다.

채린의 눈에 눈물이 흘렀다. 비겁한 것은 아라가 아닌 자신이었으니까. 가장 편안했던 친구를 가장 만만하게 대했던 자신이 가장 비겁했다는 것을 채린은 뜨거운 눈물과 함께 깨달았다. 자신에게 자신과 꼭 닮은 친구가 있었다는 사실도 함께.

'아, 아라야….'

채린의 기억이 그녀를 위로하고 있었다. 나는 조명으로 빛의 에너지를 그녀에게 조금 더 가까이 이끌어 주며 그녀를 묵묵히 바라보았다.

상담을 마친 채린이 돌아갔다. 채린은 민 피디와 함께 식사하며 뒤엉킨 감정을 천천히 추스를 것이다.

채린을 만나고 나니 기억의 한계, 그러니까 우리가 진화한 원인을 조금 더 쉽게 정리할 수 있을 것 같았다.

예상대로 진화는 상처 때문에 이루어졌다. 사유하는 존재들은 자꾸만 상처를 더듬는다. 찢긴 상처의 속살을 자꾸만 들여다보며 고통스러워한다. 그 고통이 버거워 상처받은 기억을 지워 버리거나 거짓으로 왜곡한다. 우리는 그 고통을 해결하기 위해 기억을 의식으로부터 분리했다. 하지만 지구인들은 여전히 그 상처를 '위로'로 감싼다. 충분히 위로받을 수 있었다면, 우리는 진화하지 않았을까? 조만간 이 질문을 서버에 업로드해 학자들과 공유해야겠다고 생각하며, 나는 공원을 산책하기로 한다.

공원 안의 푸드 트럭이 맛있는 냄새를 풍기며 나를 유혹했다. 하와이안 슈림프 버거, 상하이 양꼬치, 베트남 쌀국수, 멕시코 타코 등 작은 공원 안에 지구촌의 모든 음식이 한자리에 모여 있었다. 나는 지난번에 마시지 못한 와인과 어울릴 만한 음식을 찾아 기웃거려 본다. 그런데 자꾸만 와인과는 그다지 어울릴 것 같지 않은 베트남 쌀국수에 눈이 간다. 투명하게 얇은 쌀국수의 식감과 독특한 향신료의 맛이 궁금하다. 호기심을 참지 못하고 나는 베트남 쌀국수를 주문했다. 아무래도 와인 시음은 또 미뤄야 할 것 같다. 면과 육수를 따로 포장한 나는 면이 불까 싶어 숙소까지 가져가지 못하고, 서둘러 공원의 간이 테이블에 앉아 음식을 먹기 시작했다. 아삭한 숙주와 잘 절인 양파가 진한 고기 육수와 어우러져 제법이다. 고수라는 향이 강한 채소를 추가했는데, 그 향에 처음엔 거부감이 들었다가 먹을수록 더욱 당기는 맛이라는 것을 알게 되었다. 순식간에 국물까지 남김없이 먹은 나는 그제야 고개를 들어 주위를 살펴본다.

건너편 간이 테이블의 한 남자가 작은 종이와 펜을 들고 머리를 쥐어뜯고 있었다. 자세히 보니 복권 용지와 펜이다. 나는 슬쩍 그의 곁에 가 물었다.

"아, 오늘이 복권 추첨일이죠?"

"네…. 시간이 얼마 남지 않았는데…."

"그럼 서두르셔야죠."

"알고 있어요. 그런데 도무지 기억이 안 나요."

"네? 무슨?"

"어젯밤에 아주 기막힌 꿈을 꾸었어요. 자세히 설명해 드릴

순 없지만, 정말 길몽 중의 길몽이었다고요. 아, 꿈속에서 본 숫자만 기억해 내면, 그야말로 대박인 건데…. 종일 생각을 해 봐도 전혀 기억이 나질 않아요. 미치겠네, 정말…. 시간도 다 되어 가고, 아무래도 그냥 포기해야겠죠?"

나는 초조한 그의 눈을 들여다본다. 그리고 지난밤 그의 꿈 의식을 살펴본다.

'아니. 이럴 수가!'

그의 지난밤 꿈을 살펴본 나는 깜짝 놀랐다. 정말 지구인들에게는 우리조차 증명할 수 없는 기이한 일들이 많이 벌어지고 있는 듯하다. 꿈속에서조차. 나는 그의 꿈을 본 이상 그냥 지나칠 수 없어 그가 꿈속에서 보았던 숫자들을 그의 의식으로 살짝 끌어당겼다. 그 순간 남자가 용수철처럼 튀어 올랐다. 그 바람에 간이 의자가 땅바닥을 나뒹군다. 그는 엄청난 속도로 복권 판매점을 향해 사라졌다.

'이 무슨 신의 장난인가.'

지난밤 꿈속에서 그 남자는 밤하늘의 별을 바라보고 있었다. 그런데 느닷없이 눈앞에 비행 물체가 나타나고, 그 비행 물체는 자신이 어릴 적 살던 집의 앞마당에 불시착했다. 푸른빛이 감도는 신비롭고 몽환적인 배경이다. 비행 물체의 흔적을 찾던 남자는 그곳에서 동그란 황금 알을 발견했다. 조심스럽게 황금알을 집어 들자, 난데없이 그 황금알은 빛을 뿜어내며 깨졌다. 그 빛

속에 6개의 번호가 둥둥 떠올랐다. 길몽임을 깨달은 남자는 바로 잠에서 깨어났다.

'과연 그가 꿈에서 본 숫자는 오늘의 당첨 번호일까?'

지구는 정말 알 수 없는 별이다.

나는 내가 지금 발 딛고 서 있는 이 별, 지구에 신이 가장 정성을 쏟고 있다고 확신한다.

진실 게임

"할머니, 배고파. 국수 먹고 싶어요."

채린은 진한 멸치 육수 냄새에 잠에서 깼다.

지난밤, 상담을 마치고 나온 채린은 민 피디와 저녁을 먹고 할머니 집으로 왔다. 민 피디가 그러기를 권했다. 아무래도 채린이 혼자 지내는 것이 불안하다며. 채린은 이번에도 묵묵히 그의 뜻을 따랐다. 채린에게 민 피디는 아버지 같은 분이었으니까. 그리고 어쩐지 그의 말은 거역할 수 없었다. 알 수 없는 힘, 그에겐 그런 것이 있다고 느껴졌다.

어쨌든 채린은 민 피디의 말을 듣길 잘했다고 생각했다. 모처럼 깨지 않고 푹 잠을 잤으니까. 이처럼 긴 시간 잠을 잔 것이 얼마 만인지 알 수 없었다. 점심 손님이 물러간 후 채린은 가게로 나왔다. 진한 멸치 국수 냄새가 온몸을 휘감았다. 마치 그 냄새가 채린의 보호막이 되어 주는 것 같았다. 이 냄새가 머무르는 공간에서는 아무도 자신을 해치지 않을 것 같았다.

뜨끈한 멸치 국물이 목을 타고 넘어갔다. 비어 있던 위장에 따뜻한 국물이 스며든다. 따뜻한 국물이 손가락 끝까지 전해져 모든 신경의 긴장을 풀어내는 듯했다. 채린은 모처럼 노곤해진 기분이 마음에 들었다. 국수 한 그릇을 마시듯 비워 버린 채린이 핸드폰을 열었다.

"너 핸드폰 많이 보지 말라 하더라."

"누가?"

"매니저가. 차 대표한테 너 엄청 혼날 수 있다고 못 보게 하라더만."

"할머니, 나 안 죽어."

"잉? 할미 앞에서 그게 너 무슨 소리야? 네가 죽긴 왜 죽어?"

"그러니까 안 죽는다고. 다들 내가 사람들이 올린 나쁜 말 읽고 멘탈이… 그러니까 정신이 나가서 행여 나쁜 마음 먹을까 봐 걱정해서 그래. 그런데 내가 왜? 난 할머니랑 세계여행도 가고, 이다음에 저기 우주여행도 갈 거야. 그때까진 천 번 만 번을 나더러 죽으라고 해도 난 안 죽을 거야. 그러니 매니저 언니나 대표님한테도 걱정하지 말라고 전해 줘. 알겠지? 우리 손녀는 안 죽는다고."

"거기, 그 속의 사람들이 너더러 죽으라고도 한다는 거야? 세상에 그런 몹쓸 소리까지 하는 거야? 그럼 보지 마라! 이리 줘! 뭐 한다고 죽으라는 소리까지 듣고 앉아 있어?"

흥분한 할머니가 소리쳤다. 누가 그렇게 함부로 말을 한다는 것인지 할머니는 이해할 수 없었다. 그저 미워하고 싫어하는 마음이나 드러내는 줄 알았지, 설마 죽으라는 소리까지 뱉을까 싶었다. 아무리 얼굴을 드러내는 곳이 아니라고 해도 사람이 어찌 그리 사람답지 못한 말을 한다는 것인지, 할머니는 이해할 수 없었다.

"우리 할머니 놀랐네? 개 짖는 소리라 생각하면, 그저 멍멍 깽깽으로만 읽히니까 걱정하지 마. 풉."

물론 댓글들이 모두 다 상처뿐인 것은 아니었다. 위로의 글도 있었고, 채린을 반성하게 하는 글도 많았다. 되돌릴 수 없는 과거를 후회하게 하고, 앞으로는 부끄럽지 않게 살아야겠다는 다짐을 하게 하는 글도 있었다. 하지만 뾰족한 칼날로 채린의 살갗을 거침없이 그어 대는 글들은 단 하나라 하더라도 채린을 힘들게 했다. 채린은 자신이 그 댓글들에 치여 힘들어질 것을 알았지만, 그래도 알아야 한다고 생각했다. 그 이야기들은 모두 자신의 것이었으니까. 채린은 찬찬히 자신의 이야기들을 읽어 내려갔다. 그리고 그 사이에 놀랍게도 아라가 있었다. 그곳에서 아라가 또 혼자 남아 비겁한 자신 대신 얼굴 없는 수많은 이들과 싸우고 있었다.

"아… 아라야…."

채린은 아랫입술을 꽉 깨물었다. 더는 혼자만 숨어 있을 수 없었다.

불 꺼진 방 안에서 아라의 노트북 화면만이 환한 빛을 내뿜고 있었다. 한동안 제자리에서 깜빡이기만 하던 마우스 커서는 급하게 많은 말들을 뱉어 내기 시작했다.

제목: 가수 A양의 절친 B양입니다.

가수 A양의 절친 B양입니다. A양에게는 절친이 저 한 명뿐이 었으므로 제가 그 B양임을 확신합니다. 맞습니다. A양은 친구 가 없었습니다. 예쁜 A양 곁에 붙어서 남자애들에게 시선 좀 받 아 보려는 애들, A양의 명품 신발이나 옷, 가방 등을 빌리고 싶었 던 애들, A양의 후광으로 자신의 SNS 친구를 늘리고 싶었던 애 들…. 뭐, 그런 애들은 많았지만 진짜 친구는 없었습니다. 저는 진짜 친구였습니다. 아니, 진짜 친구라고 믿었습니다. A양과 저 는 비슷한 상처가 있었고, 그래서 서로 위로하며 지내는 사이였 습니다. 이미 알려진 대로 A양은 아버지가 안 계십니다. 어릴 때 사고로 돌아가셨습니다. 저도 아버지가 없습니다. 처음부터 없

었습니다. 우린 유치원 때부터 단짝이었고, 다들 궁금해하시는 절도 사건 당시에도 제가 있었습니다.

그럼 모두가 가장 궁금해하시는 절도 사건에 대해 사실만을 말씀드리려고 합니다. 현재 저는 A양과 서로 교류하고 있지 않습니다. 그러니 A양이 시켜서 제가 거짓말을 하는 거라는 식의 억측은 없었으면 좋겠네요. 'A양이 중학교 시절 내내 수십 건의 도둑질을 했으며, 모든 도둑질은 A양의 철저한 계획 아래에 이루어졌다. 또 아이들을 상대로 금품을 갈취했고 수시로 협박해 범행에 동참하게 했다'라는 주장은 거짓입니다. 제가 알고 있는 한 A양은 총 세 차례에 걸쳐 틴트 3종, 립밤 1종, 아이섀도 1종을 훔치는 절도를 저질렀습니다. 이는 A양이 저지른 분명한 잘못입니다. 이를 감싸 줄 생각은 없습니다. 다만 수십 건의 도둑질, 친구들을 상대로 한 금품 갈취나 협박은 전혀 사실이 아닙니다. 'A양은 절친 B양의 머리카락을 자를 정도로 잔인한 품성이었다'라는 주장 또한 거짓입니다. 제가 기르던 머리를 자른 이유는 다른 친구가 뱉은 껌이 머리에 붙었기 때문이었고, 제 손으로 직접 잘랐습니다.

여기까지 제가 알고 있는 사실을 밝힙니다. 주작이라 하시는 분들이 있으실 것 같아 하단에 졸업 앨범과 A양과 함께 찍은 사진

진실 게임

첨부합니다. 그리고 마지막으로 한마디만 더 남기겠습니다.

채린이를 향해 비겁하게 뒤에 숨어서 글을 쓴 사람, 너. 잘 들어라. 내가 너 누군지 모를 것 같지? 난 네가 누군지 알아. A양과 B양이 밝혀졌으니, 이제 너 C양이 세상에 나올 차례인데 괜찮겠니? 그게 싫으면 입 다물고 네가 올린 글을 다 삭제하는 게 좋을거야. 안 그러면 이번엔 정말 네 차례야. 명심해. 진짜 비겁한 년.

더는 모르는 척할 수 없었던 아라의 손가락이 쉴 새 없이 이야기를 쏟아 냈다. 마치 이미 오래전부터 뭔가를 말하고 싶었다는 듯. 아라는 자신의 글 아래로 마구 쌓이는 댓글들을 읽다가 잠이 들었다. 채린이 남긴 감정의 찌꺼기가 조금 치워진 기분이었다. 후련했다. 자신이 기억하고 있는 모든 사실을 쏟아 내면서 침묵하고 있을 때의 비겁함이 조금은 사라지는 기분이었다. 법정에서 자신을 향해 '비겁한 년'이라고 욕했던 채린에게 소심하게 응수하는 마음이기도 했다.

기억이란 본래 그런 것이었다. 여러 사람이 한 사건을 처음부터 끝까지 똑같이 경험했다고 해서 똑같은 기억이 남지는 않는다. '의식'이라는 것은 완벽하게 주관적이기 때문이다. 모두가 제

각각 자신에게 유리한 방향으로 기억을 다듬는다. 그것이 기억의 왜곡이다.

이를테면 어떤 연인이 첫 만남에서 떡볶이를 먹었다고 가정해 보자. 매운 것을 잘 먹지 못하는 여자는 지독하게 매웠던 떡볶이 맛을 기억한다. 콧잔등에 몽글몽글 땀이 솟아나는 것을 남자에게 보이고 싶지 않았던 여자는 그 얄궂은 매운맛이 또렷이 기억에 남는다. 두 번 다시 먹고 싶지 않은 매운맛이다. 하지만 남자의 기억에 그 떡볶이는 맵지 않은 달콤한 맛으로 기억된다. 사랑에 빠진 남자에게는 여자와 함께 무엇을 먹었든 그녀와 함께 있다는 사실이 달콤하기만 했을 테니까. 매운 떡볶이도 느끼한 스파게티도 향이 강한 마라탕이라고 하더라도 그에게는 그저 달콤한 맛이었으리라.

이제 채린과 아라의 진실은 그들의 마음에 남아 있는 진심일 뿐이다.

재회

"너 내가 아무것도 하지 말라고 했지?"

"죄송합니다."

차 대표의 호출로 소속사 사무실에 들어선 채린은 고개를 푹 숙인 채 차 대표의 분노를 고스란히 받아 내고 있었다.

"너 이제 어쩌려고 그래? 너 그렇게 다 인정해 버리면 다시 는 이 바닥에 못 돌아와. 요즘이 어떤 세상인 줄 알아? 사람들이 네 말을 다 곧이곧대로 믿어 줄 것 같아? 하나를 인정하면, 열을 더 내놓으라는 식이야. '어라? 이렇게 쉽게 인정하는 것 보니 더 켕기는 게 있는 거 아냐?' 하면서 더 들쑤시고 닦달한다고. 시간 이 지나면 잊힐 거라고? 그래, 맞아. 시간이 지나면 대부분 잊혀. 왜냐? 매일매일 흥미로운 사건 사고는 터지거든. 더 자극적이고, 더 충격적인 사건이 터지면, 사람들은 우르르 그쪽으로 몰려들어. 그럼 앞선 일은 슬슬 지워지지. 그래서 내가 기다리라고 했잖아! 왜 긁어 부스럼을 만들어? 왜! 이제 어쩔 거야? 응?"

채린은 이처럼 흥분한 차 대표를 여태 본 적이 없었다. 하지만 어쩔 수 없었다. 거짓말을 거짓말로 덮어 가는 것은 할머니가 말한 순리가 아니었다. 강물이 거꾸로 흐르고 폭포수가 하늘로 올라가는 법은 없지 않은가.

채린의 소속사는 추가 입장문을 통해 채린은 평소 품행이 단정한 모범생이었고, 교우 관계 또한 원만했으며, 가정생활 역시 화목했다고 밝혔다. 호기심으로 단 한차례 절도 행위를 저질렀으나 깊이 반성하고 피해자와 합의했으며, 소년원에 송치되었다는 것은 명백한 거짓이라고 말했다. 채린과 상의도 없이 채린의 엄마를 인터뷰했는데, 거짓 모성애를 이용해 사태를 어떻게든 막아 보려는 취지였다. 게다가 소속사는 아라를 찾아내려 했다. 아라를 찾아내 채린에게 유리한 진술을 하도록 설득할 참이었다. 채린이 더는 잠자코 두고 볼 수 없었던 이유다.

채린은 자신의 소셜 네트워크에 그간의 모든 일을 솔직하게 밝히고 심정을 고백했다. 항간에 떠도는 소문과 소속사의 입장을 모두 통틀어 사실과 거짓에 관해 이야기했고, 팬들을 실망하게 했으니 모든 것을 내려놓으라고 한다면 기꺼이 그렇게 하겠다는 뜻도 함께 밝혔다.

"어쩔 수 없었어요. 평생을 가짜로 살 수는 없잖아요. 대표님,

그건 박채린이 아니잖아요. 나한테 헌신적인 엄마는 없었는데, 할머니와 엄마랑 화목한 가정이요? 전 그런 거 없었어요, 대표님. 유치원 때부터 유명했던 박채린이 어떻게 하루아침에 있는 듯 없는 듯 조용했던 아이가 되죠? 자숙하라고 하셨잖아요. 그런데 입장문만 읽으면 거기엔 내가 없어요. 자숙해야 할 박채린이 없더라고요. 입장문만 보면 왜 자숙을 해야 하는 건지 전혀 모르겠더라고요. 그래서 그랬어요. 그래서⋯."

"그래서 다 까고 그만두면 너 이제 어떻게 살 건데?"

"지금부터 생각해야죠. 뭐든⋯. 뭐로 살든 가짜보다는 나아요. 죄송해요, 대표님."

"하! 가짜보다는 낫다? 그래, 너 잘났다! 앞으로 다 너 알아서 해라. 나도 정말 더는 못 해 먹겠다. 꼴도 보기 싫어! 나가!"

차 대표는 채린을 자신의 입맛대로 설득할 수 없음을 깨달았다. 이미 엎질러진 물이었다. 저 아이와 씨름을 하는 것보다는 얼른 다른 대책을 찾아야 했다. 하지만 도무지 아무 생각이 나지 않았다. 차 대표는 머리를 감싸 쥐며 채린에게 나가라고 짜증스러운 손짓을 보냈다. 법무 팀과 홍보 팀은 오늘도 대기 중이었다.

"어머 어머. 저거 연예인 차 아냐? 맞지?"

"와, 저런 거 타고 다니는 걸 보면 우주 대스타 아냐?"

"나 저런 밴 처음 봐. 누구지? 도대체 누가 타고 있는 거야?"

"그런데 왜 우리 학교에 와?"

"오늘 학교에서 촬영 있나? 지난번에도 저기 등나무 밑에서 광고 촬영했잖아."

"진짜 누구지? 연예인 실물 한 번 보면 소원이 없겠다."

교문 앞에 세워진 커다란 차는 호기심 많은 학생들의 시선을 붙잡기에 충분했다. 아이들이 웅성거리며 차 주변을 맴돌았지만, 아라는 못 본 척 그 틈을 지나쳐 걸었다.

"아라야."

아라는 자기 이름을 부르는 소리에 뒤돌아섰다. 채린이었다.

"대박. 박채린! 이게 무슨 일이냐?"

"쟨 뭐야? 우리 학교 교복이잖아. 우리 학교 애야?"

"아라네. 채아라."

"어? 맞네. 근데 저 둘이 뭔 조합이래?"

"야! 빨리 애들한테 톡 보내. 박채린 실물 영접 중이라고!"

아이들이 웅성거리며 아라와 채린을 둘러쌌다. 긴장된 얼굴로 채린이 아라에게 다가왔다.

"아라야, 할 말이 있어서 왔어. 잠깐 시간 좀 내 줄래?"

"아니."

아라는 굳은 표정으로 되돌아섰다. 채린과 할 말은 없었다.

"아라야…."

채린이 아라의 어깨에 손을 올렸다. 아라는 몸을 틀며 그 손을 뿌리쳤다.

"됐어. 나는 인제 와서 우리가 서로 할 말은 없다고 생각해. 내가 할 말은 지난밤 게시판에 다 올렸고, 너한테 듣고 싶은 말은 없어. 그러니 얼른 가. 보는 눈이 이렇게 많은데 이렇게 다짜고짜 찾아오면 어떻게 하니?"

아라의 말이 끝나기도 전에 채린이 아라 앞에 무릎을 꿇었다.

"야! 박채린! 너, 너…. 지금 뭐 하는 거야?"

"대박."

"지금 이거 실화냐?"

찰칵 찰칵 찰칵.

몰려 있던 아이들이 너나없이 카메라를 들이댔다. 채린의 매니저가 나와 말렸지만 소용이 없었다.

"미안해."

무릎을 꿇은 채린의 입에서 나온 말이었다.

"미안해. 정말 미안해. 내가 너한테 그러면 안 되는 거였어. 미안해, 아라야."

"야! 박채린, 너 지금 뭐 하는 거야? 당장 일어나! 얼른!"

얼굴이 빨갛게 달아오른 아라가 채린을 일으켜 세웠다. 아라와 채린의 눈이 마주쳤다. 서로의 눈동자 너머로 그들의 상처가 고스란히 비쳤다. 아라는 채린을 꼭 끌어안았다.

"바보같이… 미안하기는…. 네가 뭘…. 네 잘못 없어. 내가 미안해."

"아냐, 내가 미안해. 정말 미안해."

한동안 그렇게 머물던 둘은 주변의 시선을 깨닫고 차에 올라탔다. 주변 교통이 마비될 정도로 많은 이들이 그들을 지켜보았다.

채린의 매니저는 차를 한적한 공원으로 몰았다. 둘은 한여름 더위를 식혀 줄 나무 그늘에 나란히 앉았다. 채린이 아라의 손을 잡았다. 예전엔 늘 붙잡고 다니던 작고 하얀 손이었다. 아라의 마음이 찌릿찌릿했다.

"고마워."

"응?"

"네가 올린 글, 다 읽었어."

"너 읽으라고 올린 글 아냐."

"그래도…."

"그냥…. 나를 위한 변명이라고 해야 하나? 모두가 피해자인데 모두를 가해자로 만드는 세상을 향한 항변이라고 해야 할까? 굳이 가해자를 밝혀야 한다면… 누구일까? 폭로자, 현지? 그런데 난 사실 현지도 피해자라고 생각해. 물론 현지의 모든 행동을 다 용서할 수는 없지만."

"너도 알고 있었구나. 그 글 현지가 썼다는 거. 맞아, 나도 그애를 원망할 생각은 없어. 그 애 처음부터 나한테는 그냥 좀… 뭐랄까… 아픈 아이였어. 그래서 소속사에서 짐작 가는 사람이 없냐고 물었을 때도 난 그냥 모른다고 했어. 현지일 수밖에 없다는 걸 알았지만 말이야."

"그래…."

둘은 한동안 말이 없었다. 현지를 끄집어내지 않았던 마음은 채린도 아라도 서로 같은 것이었다. 이해할 수 없었지만 이해하고 싶고, 미웠지만 용서하고 싶은 마음. 채린에게도, 아라에게도. 누군가의 상처를 들여다보았다는 것은 그런 연민을 남겼다.

먼저 입을 뗀 것은 아라였다.

"그나저나 넌 앞으로 어쩔 생각이야? 한동안 다시 활동하기 힘들 텐데…. 노래도 못 부르고."

"다행이지, 뭐. 그리고 나 사실 노래 못해. 너도 알잖아. 큭."

"응? 네가 노래를 못한다고? 노래방 가면 만날 100점이었으면서. 게다가 네 노래 얼마 전까지 태양 뮤직 재생 순위 1위던데? 1위 가수가 노래를 못한다고?"

"너 보컬 트레이닝 받는 게 얼마나 힘든 줄 아니? 앨범 내기 전엔 정말 피를 토했어. 진짜 피. 목구멍에서 피가 올라오도록 연습을 했어. 얼마나 야단맞고 혼났는지…. 우리 중학교 때 과학 선생님 기억나? 땍땍이 쌤 말이야, 땍땍땍땍 잔소리 열라 하던…."

"응. 기억나. 말라깽이 선생님."

"그래, 그 땍땍이 쌤 잔소리는 애교였다니까."

"정말 그 정도야?"

"그래!"

"야. 너무 웃겨."

"웃겨? 친구가 피를 토했다는데?"

"아, 미안. 큭큭."

아라와 채린은 한동안 그들만의 세상에 머물렀다. 함께 위로하고 함께 응원하던 그 순간으로 되돌아가 아팠던 기억을 털어냈다. 진심이 닿은 후에는 지워 버리고 싶던 기억도 그저 아름다운 추억이 될 뿐이었다.

그들이 추억을 더듬는 사이, 다른 곳에서는 또다시 그들의 이야기가 펼쳐지고 있었다. 그곳에서도 가짜는 졌다.

— 찐 감동 인증샷.

— 사과에 진심인 박채린, 개감동.

— 훈훈 우정, 이보다 더 아름다울 순 없다.

— 앞으로는 B양의 글만 팩트 인정.

— 오늘부터 박채린 찐 팬 1일.

— 진정성 가득 담은 사과, 용서하고 화해했으니 이제 게임 끝!

— 끼리끼리 논다더니, 박채린 절친 B양, 배려심 큰 모범생으로 미담 속출.

그리고 바다 건너 외로운 유학 생활에 지쳐 있던 현지는 자신의 글을 모두 삭제했다.

우리가 만날 메모리

오늘은 기필코 한강 야경을 바라보며 와인을 마실 생각이다. 그녀의 오늘과 내일을 응원하며. 사무실을 정리하고 나와 천천히 걷는다. 오늘은 신의 계시를 받은 지구인이라 하더라도 절대로 절대로 한눈을 팔지 않을 생각이다. 나는 집 근처 편의점에서 카나페를 만들 치즈와 크래커, 절인 올리브를 샀다. 이 정도면 냉장고 속 과일과 함께 와인에 곁들이기에 충분하다. 가벼운 발걸음으로 집을 향해 걷는데, 편의점 앞에서 꼬마 녀석 둘이 투덕거리는 모습이 눈에 들어온다.

"야! 네가 저번에 나한테 그렇게 말했잖아!"

"내가? 내가 언제?"

"와, 너 또 거짓말하냐?"

"웃기시네. 내가 무슨 거짓말을 해? 그러니까 내가 언제 그랬냐고? 말해 봐! 말해 보라고! 몇 시? 몇 분? 몇 초에?"

"쳇, 너 정말 나빠! 나 인제 너랑 안 놀아!"

"그래! 놀지 말아라! 만날 제멋대로야!"

"홍!"

나는 그들의 문제에 간섭하려던 마음을 접고 그냥 그 곁을 지난다. 슬그머니 웃음이 난다. 시시비비를 가리기 위해서는 모든 기억이 객관적으로 저장되는 것이 수월하다. 몇 시 몇 분 몇 초에 너와 나 사이에서 무슨 일이 벌어졌는지를 모조리 끄집어 낼 수 있다면 잘잘못은 쉽게 따질 수 있을 것이다. 하지만 가끔은 잊어버리고, 가짜로 둔갑시키고, 또 오해를 만들어야만 할 때도 있지 않을까? 대충 털어 내고 묻어 버려야 할 때 말이다. 그저 눈감아 주고 싶을 때, 모르는 척 용서해 주고 싶을 때, 참고 이해해 주고 싶을 때…. 깔끔하게 딱 떨어지는 잘잘못을 가리지는 못하겠지만, 어쩌면 그것이 가장 지구인다운 해결법이 아닐까?

두 소녀를 옭아매고, 가슴 한구석을 묵직하게 짓누르던 응어리. 그 버그는 소녀들의 웃음과 함께 치유되었다. 시간이 좀 더 흐르고 나면 그 기억은 추억으로 묻힐 것이다.

"야, 우리 그때 도대체 왜 그런 거니?"

"제정신이 아니었으니까. 지금 생각하면 너무 어이없어."

"그땐 지구의 멸망보다 심각한 문제였는데, 지금 생각해 보면 진짜 유치해."

"으. 생각만 해도 손발이 오그라든다. 그만해."

물론 모든 걸 시간이 해결해 주지는 않는다. 누군가는 마음속 짐을 죽는 순간까지 '죽어서도 풀지 못한 천추의 한'으로 안고 간다.

어쩌면 그들은 진심을 담은 사과로, 미움을 억누른 용서와 화해로 나아갈 기회를 놓치고 있는 것은 아닐까.

나는 지구인들 가슴에 남은 응어리 중 풀지 못할 것은 많지 않음을 안다. 그들은 이 우주의 그 어떤 생명체보다 큰 사랑을 품었다. 그러니 풀지 못할, 풀리지 않을 버그는 없다.

한강의 야경을 바라보며 와인을 홀짝거리던 나는 내가 그간 겪었던 지구 여행의 메모리를 메인 서버에 올리지 않기로 한다. 그저 오롯이 이 지구 여행의 기억을 내 불완전한 의식, '마음'에 저장해 두고 싶어졌다. 시간이 흘러 내 기억이 부정확해지고, 내 기억이 흐트러져 꾸며지고 왜곡되고, 그렇게 먼 훗날 이 경험들이 희미하게 사라진다고 하더라도. 어쩐지 그러고 싶어졌다.

밤하늘에 빛나는 별 중 가장 아름다운 지구에서 나는 이 오묘한 와인의 맛과, 지구를 닮은 소녀들과 함께 만든 메모리를 오롯이 내 마음에 새겨 본다.

똑딱, 시간이 흐르고 나면 지금 바로 이 순간은 과거가 됩니다. 기억이 됩니다. 시간은 멈출 수도 또 붙들 수도 없는 것이라서, 우리는 앞을 향해 내딛을 뿐 되돌아갈 수 없습니다. 오늘 이 순간을 평생 붙잡아 두고 싶기도 하고, 지긋지긋 아픈 이 순간에서 얼른 벗어났으면 싶기도 합니다. 하지만 인간은 시간의 흐름을 좌지우지할 힘이 없습니다. 그저 똑딱똑딱 그 흐름에 삶을 맡길 뿐이지요.

우리에게 지금 이 순간은 때론 행복이고, 또 때로는 불행입니다. 그러나 삶은 행복과 불행으로 딱 나눌 수 있는 것이 아닙니다. 삶은 행복과 불행으로 나뉘는 것이 아니라, 삶의 틈 사이사이에 스며든 사랑으로 살아 내는 것일 테니까요.

과거의 모든 기억이 죄다 상처이고 아픔뿐이라면 숨을 쉬지 못할지도 모른다는 생각을 했습니다. 들숨과 날숨이 모두 콕콕 심장을 찌르면 고통 속에 몸부림치느라 오늘을 살지 못할 것이라고요. 잊고 있지만 자세히 들여다보면 쓰라린 기억 속에도 분명 따스한 사랑이 있었다는 것을 찾아내고 싶었습니다. 아라와 채린에게 과거의 기억은 끔찍했지만, 그 안에 분명 사랑의 숨결이 숨어 있었다는 것을, 그 사랑이 소녀들을 오늘까지 지켜 주고 있었다는 것을요.

밤하늘의 별이 나를 향해 쏟아지는 것 같았던 태평양의 작은 섬을 기억합니다. 발을 딛고 있는 땅을 제외하고 온 세상이 별이었습니다. 그 수많은 별과 그 환한 별빛이 오롯이 나를 향해 쏟아지는 듯한 그 환상적인 경험은, 말 그대로 꿈만 같았습니다.

그 섬에 다녀온 후 외계인 우진이 제게 왔습니다. 이 광활한 우주에 지구라는 작은 별, 그리고 동북아시아의 작은 나라 대한민국에서 이렇게 살아가고 있는 나는, 나라는 그 자체로 기적이라는 것을 알려 주려고 저 머나먼 별에서 우진이 제게 왔습니다. 내가 별이고, 내 삶이 빛이라는 것을 알려 주려고.

《우리가 만날 메모리》를 만난 당신도 이 아름다운 우주의 별이고 빛임을 꼭 기억하셨으면 좋겠습니다.

제 삶의 사랑이고 빛인 가족들에게, 아낌없는 응원을 보내 주는 친구들에게, 내 마음을 담은 문장을 사랑으로 또 빛으로 기억해 줄 당신에게 깊은 감사를 전합니다. 부족한 글에 늘 힘을 불어넣어 주시는 도서출판 다른의 대표님과 편집부를 비롯해 《우리가 만날 메모리》가 지구별에서 숨 쉴 수 있게 애써 주신 모든 분께 고개 숙입니다.

연둣빛 새싹이 고개를 내밀고, 수줍은 꽃봉오리가 세상에 삐죽 얼굴을 내미는 새봄입니다.

오늘 우리가 사는 세상이, 사랑과 그 빛의 에너지가 모두에게 촉촉이 스며드는 세상이길 바랍니다.

오늘도 당신은 사랑입니다.

2024년 봄, 민경혜

도넛문고
09

다른 포스트

뉴스레터 구독

우리가 만날 메모리

초판 1쇄   2024년 4월 7일

지은이   민경혜

펴낸이   김한청
기획편집   원경은 차언조 양희우 유자영
마케팅   현승원
디자인   이성아 박다애
운영   설채린

펴낸곳 도서출판 다른
출판등록 2004년 9월 2일 제2013-000194호
주소 서울시 마포구 동교로27길 3-10 희경빌딩 4층
전화 02-3143-6478 **팩스** 02-3143-6479 **이메일** khc15968@hanmail.net
블로그 blog.naver.com/darun_pub **인스타그램** @darunpublishers

ISBN 979-11-5633-610-5 44810
         979-11-5633-449-1 (SET)

다른 생각이
다른 세상을 만듭니다